JN318283

居眠り同心 影御用2

早見 俊

時代小説

二見時代小説文庫

朝顔の姫——居眠り同心　影御用2

目次

序

雨がそぼ降っている。

遠くで夜空を焦《こ》がす炎が雨に煙っている。浅草寺《せんそうじ》の方角だ。半鐘が打ち鳴らされ、火消したちが夜道を急いでいた。

南町奉行所定町廻り同心木下《きのした》順次郎《じゅんじろう》も火事現場に向かうべく浅草橋を渡り、蔵前通りに差しかかったところだ。すると、女が一人歩いて来る。雨に濡れ、髪がほつれていた。こんな雨の夜に夜鷹かと思ったが、意外なことに若い娘である。

「おい、女」

思わず声をかけた。娘は返事をしない。うつろな目で前方を見据え浅草橋に向かって歩いて行く。足元を見ると裸足《はだし》だ。

再び声をかけたが、娘の耳には届かないのか歩速を緩《ゆる》めない。

「待て」

「待てと申すに」

追いかけて肩に手をかけた。

ようやく振り返った娘の面差《おもざ》しに木下は固唾《かたず》を飲んだ。

火事の炎に照らされた娘は言葉を失うほどに美しい。問いかけを忘れた木下を残し、

娘は闇に溶けた。

暗黒の空からとめどなく雨が降る中、木下は呆然と立ち尽くした。

第一章　朝顔の借財

一

梅雨が明け、江戸は本格的な夏を迎えた。

今年は例年になく雨が降り続き、蒸《む》し蒸しとはするが、一向に暑くならない、これでは飢饉《ききん》が起きるのではないか、などと世間話が交わされていたものだが、昨日に強い雨があると、それまでのぐずついた天気が嘘のような夏空が広がっている。

泣きべそをかいていた大空からは強い日差しが降り注ぎ、蝉もさかんに鳴き始めた。

そんな文化七年（一八一〇年）の水無月《みなづき》（六月）一日、北町奉行所両御組姓名掛《りょうおんくみせいめいがかり》同心蔵間源之助《くらまげんのすけ》は浅草寺にやって来た。姓名掛とはその名の通り、町奉行所の与力、同心の姓名、すなわち名簿を作成する掛である。通称、「居眠り番」と陰口を言われている閑職だ。それが証拠に、南北町奉行所合わせて源之助ただ一人の職務である。

源之助がこの職務に就《つ》いたのは如月《きさらぎ》（二月）のことだ。それまでは、筆頭同心として町廻りや捕物の最前線に立っていた。四十二歳という厄年を迎えた今年、ある事件で失態を演じ居眠り番に左遷された。

暇を持て余し、これまでの半生でやってこなかった趣味というものに嫌でも時を費やすことになった。

朝顔市にやって来たのも趣味の一環である。非番のこの日、薄い紺の単衣《ひとえ》を着流し、腰に大小を落とし差しにした気楽な格好だ。といっても、日に焼けたいかつい顔は、凄腕同心の評判を取った名残《なごり》に彩られ、本人は親しみを込めた笑みをたたえているつもりだが、迂闊《うかつ》には近寄りがたい威厳を感じさせている。

「蔵間殿」

背後から声がかかった。源之助より二十歳は上の老人が立っている。白絣の小袖を着流し、腰に脇差を帯びているが、いかにもお気楽なご隠居といった風だ。

山波平蔵《やまなみへいぞう》。

源之助の前任者である。姓名掛という閑職をものともせず、いや、存分に楽しみ、この春に隠居した。山波はとにかく、多趣味。まさに人生を謳歌している。

「いやあ、凄い人出ですな」

源之助は周囲を見渡した。本堂の裏手、見世物小屋や床見世が建ち並び、大道芸なども披露されている奥山《おくやま》と呼ばれる繁華街だ。ただでさえ賑《にぎ》わっている一帯に、朝顔の市が開かれているとあってまさにごった返している。

市はおおよそ三十間四方に紅白の幕が張られ、間口三間ほどの菰《こも》掛けの小屋が建ち並んでいる。小屋にはいくつもの縁台が置かれ朝顔の鉢植えが並べられていた。

朝顔が日本に伝えられたのは奈良時代の末である。遣唐使が薬用植物として持ち帰った。種の芽になる部分に下剤の成分が含まれているためだ。それが、時代を経て江戸時代になると観賞用植物として愛《め》でられるようになった。文化年間のこの時期、朝顔の鉢植えを売る朝顔売りは夏の風物詩として定着している。

そのことを裏付けるように山波が、

「今や朝顔は夏にはなくてはならぬものですからな」

「来てみて驚きました」

源之助の半生は役目一筋にあった。十八歳で見習いとして出仕して以来、脇目も振らず御用に尽くしてきた。そんな源之助にとって朝顔は単に夏を彩る風物の一つとしか思っていなかった。それが、こんなにも多勢の人間を引き付ける魅力に溢れていたとは、正直驚きである。

「北町きっての凄腕同心であれば、朝顔になど関心がなかったとしても無理からぬことですな」

「よしてくだされ。今は、閑職の身、あ、いや、失礼申した」

その閑職を永年にわたって行《おこな》ってきたのは他ならぬ山波だ。

「気になさるな。まことのことでござる」

山波は言葉通り一向に気にする素振りも見せず、人波に身を紛《まぎ》れさせた。源之助も続く。菰掛けの小屋を見て回る。縁台が置かれ工夫を凝らした朝顔の鉢植えが並べられていた。

交配により、変化に富んだ花を咲かせている。葉とか花の形がとても朝顔とは思えない珍奇な鉢植えだ。変化《へんげ》朝顔と呼ばれる。

「これなんぞは牡丹のようですな」

源之助は鉢植えを取り上げた。

「いかにも」

山波も感心したように視線を注いだ後、訪ねたい菓子屋があると立ち去った。山波がいなくなっても気にならない。それほどに朝顔の魅力に引き付けられた。

「いかがですか」

若い男がにこやかにやって来た。縞柄の単衣を尻はしょりにし、手拭いを吉原被りにしている。二十代半ば、真っ黒に陽に焼け逞《たくま》しい身体をしているが、丸くて大きな目が妙に人懐《なつ》っこい。

「見事だな」

素直な感想を述べると、若者はうれしそうに笑顔を弾《はじ》けさせた。

「ありがとうございます」

「おまえが、育てたのか」

「はい」

若者は笑みを深めた。その顔は少年のようだ。丹精を込めて栽培した朝顔を誉められたことを素直に喜び、感謝している。好感が持てた。

「これを貰おうか」

源之助は牡丹のような変化朝顔を買った。

「そちの名は何と申す」

「音吉《おときち》と申します」

「朝顔を育ててずいぶんになるのか」

「五年です。植木屋を生業《なりわい》にしながら、朝顔師成田屋仙次郎《せんじろう》師匠の下《もと》で修業させていただいております」

「感心なことだな」

奥に目をやると女がいた。漏斗《じょうご》で朝顔に水をやっている。白地に朝顔を描いた小袖を身に着《つ》けているのはわかるが、この暑いのに紫の袖頭巾で顔を隠している。つい、視線が止まってしまった。

音吉は源之助の不審を取り払うように耳元で、

「女房のお紗枝《さえ》ですが、右の頬に火傷を負いましてね」

お紗枝を凝視してしまったことの罪悪感に捉われた。そんな思いを深めるようにお紗枝はかいがいしく働いている。頭巾から覗く目元はやさしげで、夫が栽培した朝顔に慈愛に満ちた眼差しで水をやっていた。

夫婦、心を一つにして朝顔を栽培する姿を見ていると、胸に爽やかな風が吹き込み心が晴れやかになった。しかし、そんな清々《すがすが》しい気持ちを台無しにする罵声が耳をついた。

「おう、なんだ、この出来損ない」

視線を向けると店先《たなさき》に見るからにやくざ者といった連中が三人ばかりたむろしてい

る。連中は縁台から朝顔の鉢を持ち上げ口々に罵《ののし》っていた。

「何かお気に障《さわ》りましたか」

音吉はあくまで辞を低くして応対をした。

「おお、気に障るな」

やくざ者の一人が連れの二人に言った。言葉遣《づか》いから二人は手下《てか》のようだ。手下も大きくうなずく。

「こんな珍妙な朝顔をこさえやがって。気分が悪いんだよ」

言うと、鉢植えを持ち上げ地べたにたたきつけた。

「何をするのです」

お紗枝は意外なほどに気丈な態度だ。

「あんまりです」

音吉は粉々になった鉢を拾い集めた。ここに至っては放っておくことはできない。

「やめろ」

源之助がやくざ者に向くと、

「お侍さま、ここは口出ししねえでおくんなさいな。こちとら、こいつに銭を貸しているんでさあ」

やくざ者は悪びれもせず反論した。源之助はその男に見覚えがあった。渡り中間《ちゅうげん》をしていたが、二年前に「これからは男を売る、弱きを助け強きを挫《くじ》く」などとうそぶいて奉公先の旗本屋敷を飛び出した。だが、始めたことといえば、中間仲間とつるんで盛り場を徘徊し、金を持っていそうな町人に因縁をつけ、銭をせびり取るといった地廻りである。

行いが目に余り、去年の秋、源之助は仲間もろとも捕縛した。折檻を加えると、これからは性根を入れ替えるとしおらしく詫びたため、五十叩きで解き放った。

それが、この様《ざま》である。

「おい、寅蔵《とらぞう》」

源之助に名を呼ばれ寅蔵は目をしばたたいたが、源之助をまじまじと見返すと、

「こら、蔵間の旦那でしたか、とんだところで」

と、頭を掻いた。

「おまえ、こんな所で何をしておるのだ。借財を取り立てに来たと申しておったが」

「ええ、両替屋の旦那の使いでしてね」

寅蔵が言うと音吉はうつむいた。

「だからと申して売り物の朝顔をこんなにしていいわけがないだろう」

「あっしらだって、やり方ってもんがあるんでさあ。この野郎が借金を払わねえから、少々手荒なことをしなきゃならねえんですよ」

寅蔵は仲間をけしかけた。手下は朝顔の鉢植えの並んだ棚に向かった。棚ごと放り投げでもする勢いだ。

「勘弁してください。お金は必ずお返しします」

お紗枝が両手を広げ手下の前に立ち塞《ふさ》がった。

「けっ！　人さまの前に出ることもできねえ面《つら》しやがって」

寅蔵のお紗枝を侮蔑する言葉は源之助の怒りに火を付けるに余りあった。

「何を申す、許さん！」

源之助は寅蔵の頬に鉄拳を食らわせた。寅蔵は地べたを転がった。手下も思わず手を止めた。

「旦那、ひでえや」

寅蔵は右の頬をさすりながら起き上がった。

「いくら借金の取り立てだろうと、乱暴を目の前にして引っ込むわけにはいかん」

「なんだと」

手下二人がつっかかって来た。

源之助は一人の鳩尾《みぞおち》に大刀の柄頭《つかがしら》を沈め、もう一人の右手を摑むと背中に回し、捻《ひね》り上げた。

「い、痛えよ」

やくざ者は苦痛に顔を歪《ゆが》める。

「今日のところは帰れ」

源之助は手を離し寅蔵を睨んだ。寅蔵は唾を吐くと、「出直しだ」と手下を連れ立ち去った。音吉が、

「どうも、すみません」

と、頭を下げた。お紗枝もさかんに礼を述べる。

「性質《たち》の悪い連中であったな」

「まことに、お恥ずかしい限りで」

「寅蔵の奴、銭を貸したと申しておったが」

音吉は口ごもった。いくら、危ないところを助けられたとはいえ、見ず知らずの他人に話していいものか躊躇《とまど》っているようだ。

「申し遅れた。わたしは北町奉行所の蔵間源之助と申す」

音吉は源之助が町方の同心と知り、余計に警戒心を抱いたようだ。

「八丁堀の旦那でしたか」

発する声はしぼみ、伏し目がちになった。

「いかにも、町方の同心であるが、いささか、いや、大いに閑職でな」

源之助は音吉を和《なご》ませようと笑い声を上げた。

「借財はそんなにも大きいのか」

「十両ばかりです」

「ほう、それは、ちと多額であるな」

「はじめは、二両ほどだったのです」

「それが、十両にもなったのか」

「女房が病になりまして、その薬代を工面しようと泉屋さんに二両を借り受けたのです」

泉屋は浅草駒形町にある両替商だった。

「それが、十両にもなったのか」

「利子は十日で一割だと」

「それは、また、ひどいな」

「わたしもそう言ったのです。しかし、ちゃんと証文があると言われまして」

「そら、あるだろうがな」

源之助は苦《にが》い顔になった。

「それで、その証文をたてに払えの催促で、とうとう、ああしたやくざ者を向けるようになってきたのです」

「なるほどな」

いわゆる常套手段である。

「わたしが悪いんです」

音吉はうなだれた。

「そうは申してもな、こんなことでは朝顔市の出店もままならないではないか」

「それは、なんとかします」

「返す当てはあるのか」

「朝顔市で一等賞を取れば。一等賞は市が開かれている六日間で一番売れた小屋が選ばれます」

「一等賞取れば、十両が返せるのか」

「五両ですが」

音吉は首をすくめた。

「半分か」

源之助は考えあぐねるように顎をかいた。

「あとの半分は、なんとか待ってもらいます。この夏に朝顔を売り歩いて、稼ぎます」

「それでは、せっかく五両に減ったとしても、そんな高利ではじきに元の木阿弥《もくあみ》だ」

「ですが、他に手立てはございません」

音吉は唇を嚙み締めた。源之助はしばらく考えていたが、

「よし」

と、大きくうなずいた。

「こうなったら、乗りかかった船だ。借財の掛け合いに行ってやろう」

「そんな、滅相《めっそう》もないことです」

「かまわん。市が終わった頃に迎えにまいる」

源之助はすたすたと歩き出した。

二

夕暮れとなり、源之助は音吉を伴って泉屋に向かった。

泉屋は音吉の住まいがある浅草駒形町に所在しているという。浅草寺仲見世の喧騒を抜け、風雷神門を潜り広小路を渡った。そのまま蔵前通りに向かってまっすぐ歩いて行く。両側に浅草並木町の町並みが続く。と、左手に野原が見えたところで音吉が立ち止まった。

「ちょっと、失礼します」

音吉は源之助に断りを入れると野原に向かって目を瞑《つむ》り合掌をした。野原の真ん中に朝顔の鉢植えがある。おそらく、音吉が置いたものだろう。源之助はいぶかしみながらも音吉の黙禱が終わるまで待った。しばらくしてから音吉は源之助を振り返り、

「以前、お世話になったお店があったんです。三年前に火事で焼けましてね。ご家族のみなさんも奉公人方もみなさん焼死されました」

「おまえ、ここを通るたびに手を合わせているんだな」

「せめてもと思いましてね」

音吉は言うと歩き出した。大川の川風が朝顔を寂しげに揺らしていた。

泉屋は浅草駒形町の横丁を入ってすぐ右手に所在した。西日が厳しいにもかかわらず、店先には打ち水もしていない。このため、土埃が立ち、照り返しがきつかった。それほど大きな店ではない。間口は三間ほどで幕府官許の両替商であることを示す分銅看板に記された泉屋の屋号はかすれて読み取りにくい。

暖簾《のれん》の隙間から覗くと、土間を隔てて小上がりになった板敷きの店は十畳くらいか。奥にある帳場机に陰気な顔をした初老の男が座っている。

「主人の六兵衛《ろくべえ》です」

音吉が耳元で囁いた。源之助はうなずくと、暖簾を潜った。六兵衛は来客にもかかわらず、顔を上げようともしない。机に俯《うつむ》いたまま算盤《そろばん》を弾いていた。

「頼もう」

源之助が張りのある声をかけると、六兵衛はようやく顔を上げたが、愛想《あいそ》の一つも言わない。それどころか、顔をしかめ、源之助を品定めでもするように目を凝らした。次いで、音吉に気づくと目元を険しくした。

「上がらせてもらうぞ」

源之助は大刀を鞘ごと抜き、右手に持った。六兵衛はそれでも口をへの字にしている。

「今日はこの男の借財の掛け合いにやってまいった」

源之助は帳場机の前にどっかと胡坐《あぐら》をかいた。次いで、

「おい」

音吉を手招きする。音吉は上がり、源之助の背後に座った。六兵衛は顔をしかめながら、

「十両、持って来たのか」

その声は面相と同様、甚《はなは》だ陰気なものだ。音吉は黙り込んでいる。まるで、罪悪感を一心に背負い込んでいるようだ。

「おまえ、今日、借財の取り立てに寅蔵を差し向けたな」

六兵衛はこの時初めて源之助に気がついたように、

「お侍さま、一体、この男とどんな関わりでございます」

と、慇懃《いんぎん》無礼を絵に描いたような態度で訊いてきた。

「関わりはない」

「関わりがないのに何しにまいられたのですか」

「通りすがりにおまえたちの取り立てにいささか行き過ぎたものを感じ、掛け合いに

まいった」

「それは、物好きなことでございますな」

六兵衛は源之助の顔をねめつけた。どこの誰だと訊きたいのだろう。

「拙者、北町の蔵間と申す」

「北町……。ほう、八丁堀の旦那ですか。すると、なんですか。音吉は御奉行所に訴えたのですか」

言いながら六兵衛は音吉を威圧するように睨んでいる。音吉は気圧《けお》されたように視線をそらした。

「そうではない。今、申したではないか。取り立てが行き過ぎだと感じたのだ。いささか利子が高いのではないか」

「音吉はそれを承知で借りたんですよ」

六兵衛はゆっくりと帳場机の引き出しから一通の証文を取り出した。それからおもむろに、

「これ、この通り」

と、源之助に差し出した。源之助は受け取り視線を走らす。

「なるほど、これにはその通りだが、十日に一割とは、正規の利子ではない。お上《かみ》か

ら両替商の認可を得ておる店がすべきことではないな」

源之助は語調を強くした。六兵衛は不機嫌に黙り込む。

「それに、取り立てにやくざ者を使うというのも誉められたことではないな」

「利子は音吉も承知のことでございますし、取り立ては寅蔵の方からあたしの役に立ちたいと言って来たんですよ。あたしが頼んだわけじゃありませんや」

「嘘をつくな」

「あたしは正直者で通っております」

六兵衛の面《つら》の皮の厚さに腹が立ったがここは気持ちを落ち着かせ、

「いずれにしても、この利子は不当に高い」

「何度も申しますように、音吉はこの条件で承諾したのです。それが証拠に、この証文には爪印が捺《お》されております」

源之助はしばらく黙っていたが、

「よし、ならば、こうしよう」

六兵衛は薄笑いで答えた。

「五両だ」

「五両……」

六兵衛は言葉をなぞった。

「五両で手を打て」

「半分でございますか」

「半分と申しても音吉が借りたのは二両。三両の儲けとは大したものではないか」

六兵衛はしばらく考える風だったが、

「わかりました」

意外にも素直に承知した。源之助は音吉に、

「五両だ」

と、声をかけた。

「すみません」

音吉は六兵衛に頭を下げたが、

「何も謝ることはない。こちらは、正当な主張をしたのだからな」

源之助が言うと、

「五両でいいよ」

六兵衛は気味が悪いほどに従順だ。

「ならば、そのように証文を書き換えてもらおうか」

「よう、ございますとも」

六兵衛は帳場机の書箱から紙を取り出した。

「これは、破るぞ」

源之助は証文を手にした。六兵衛は筆を走らせながら、「ようございます」と答え、書き終えると、

「音吉、こっちへ来なさい」

と、猫撫で声で呼ばわった。音吉は源之助に向いて承認を求めてきた。源之助がうなずいてから、六兵衛の前に座った。

「ここにな、爪印、おっと、まずは、蔵間さまにご確認いただこうか」

六兵衛は勿体《もったい》をつけるように言うと、源之助に書き上げた証文を見せた。それには、今月末までに金五両を返済する旨、しるされていた。

「うむ、これでよい」

源之助の言葉に安堵すると音吉が爪印を捺した。

「これで、よし」

源之助が言うと、

「ちょっと、お待ちください」

六兵衛が引きとめる。

「なんだ」

源之助が顔を向けると、

「保証人でございます」

六兵衛はにんまりとした。

「保証人……」

「左様です。蔵間さま。音吉の保証人になっていただけましょうな」

六兵衛はにんまりとした。

「わたしにか」

思わず言葉につまった。

――そういう魂胆《こんたん》だったのか――

六兵衛は音吉から金が取れないと踏んだのだ。そこで、確実に五両を回収することにした。源之助は町奉行所の同心。

よもや、踏み倒すようなことはないだろう。そう、素早く計算したに違いない。こっちは、うまく掛け合いをしたつもりが、六兵衛の老獪さにしてやられた。

まったく、油断のならない奴だ。

いや、自分が浅はかだったのか。ともかく、このまま引っ込むわけにはいかない。掛け合いに来た以上、知らぬでは通用しないだろう。

「いくらなんでも、それでは申し訳ございません」

音吉は恐縮しきりだ。

「どうします。お引き受けなさらないのですか。それなら、この話、なかったことになりますが」

六兵衛は楽しむようにねちっこい物言いだ。負けてなるものか、と意地になった。

「いや、かまわん」

そう返事をした途端、

「ありがとうございます」

六兵衛は証文と筆を差し出した。源之助は引っ手繰《たく》るようにして受け取り、さらさらと筆を走らせた。

「印判をお持ちではないですね」

「ああ」

「ならば、爪印を」

「わかった」

ぶっきらぼうに言うと、硯の墨汁に親指を浸し証文に捺した。

「確かに」

六兵衛は喜色満面となった。内心で、源之助のことを嘲笑《あざわら》っているのだろう。

「では、これで」

源之助は腰を上げた。

「これは、何も出しませんで」

わざとらしく六兵衛は頭を下げた。

「かまわん」

早くこの男の顔を見ない所に行きたい。

「行くぞ」

音吉を促す。音吉はおろおろとしながら源之助について泉屋を出た。

「ありがとうございました」

六兵衛の張りのある声が耳障りだった。

三

泉屋を出たところで、

「こんなことになってしまって」

音吉はしょげている。

「なにを陰気な顔をしておるのだ」

源之助は音吉の肩を叩いた。

「でも、わたしのせいで」

「そんな自信のない様子では、一等賞は取れないぞ」

「はあ」

「こうなったら、おまえには意地でも一等賞を取ってもらわないとな」

源之助は快活に笑った。

音吉はまだ元気がない。

「大丈夫だ。あんな見事な朝顔を作れるのだからな」

源之助は変化朝顔を褒め上げた。

風鈴売りが側を通り過ぎて行く。夕闇が濃くなり、ようやく涼が感じられた。

「本当にありがとうございます」

音吉は丁寧に腰を折る。

「しっかりな」

源之助の励ましを聞き音吉は去って行く。市の小屋にいた音吉の女房、お紗枝のことを思った。顔にひどい火傷を負い、頭巾で隠しながら夫を手伝うけなげな女房。自然と肩入れをしたくなる若夫婦だった。

八丁堀の組屋敷に戻った。

「お帰りなさいませ」

式台で妻の久恵《ひさえ》が三つ指をついた。弁慶縞の小袖に身を包み、焦げ茶色の帯をきりりと小鷹結びにして、この暑さにもかかわらず、着衣に乱れはない。色白でふくよかな久恵は美人ではないが、笑みを絶やさず安らぎを感ずる女だ。南町奉行所の臨時廻り同心を務める父を持つとあって、八丁堀同心の妻としての心得をよくわきまえ、源之助を支えてくれている。

無言のまま顎を引き、朝顔の鉢植えを差し出す。ぶっきらぼうな対応は家庭における源之助の常だ。

「まあ、きれいですね」

「朝顔市で買い求めた」

「すっかり、夏ですね」

久恵はうれしそうだ。朝顔一つでこんなにも喜ばれるとは思ってもいなかった。そういえば、土産などろくに買って来たこともなかったな、と思いつつ奥に進み、庭に面した居間に入った。

「お帰りなされませ」

息子の源太郎《げんたろう》が両手をついた。十八歳になったこの正月から見習い同心として北町奉行所に出仕している。色白で笑顔を絶やさないのは母親譲りだ。ただ、源之助の目にはおっとりし過ぎ、それが物足りなくもあった。

「うむ」

特別に話すことはないが顔を見ると心が和む。

「先ほど南町から連絡がありまして、木下順次郎殿がお亡くなりになったとのことです」

「木下殿」

南町奉行所の同心とあって面識はない。記憶を辿ったが、顔すら思い浮かばなかった。

「お通夜はいつだ」

今晩にも催されるかもしれない。そうであれば、急ぎ着替えねば。

「それが、お通夜はもうすまされたとのことです」

「そうなのか」

いささか拍子抜けした。

「先月の二十五日、雷雨の晩に夜廻りの最中、吾妻橋の近くで大川に足を滑らせ、溺死されたそうです」

「それは、気の毒に」

源之助が姓名掛ということで連絡が入ったのだろう。いずれにしても、名簿作成の仕事ができたわけだ。明日にも弔問に出向き、家族から死に至った状況を聞くか。

久しぶりに生じた役目だが、別段気負うこともない。不幸とあっては喜べもしない。ごく日常の書類仕事だ。この時の源之助はそんな風に考えた。いや、考えることもなかった。

だが、この平凡な仕事が思わぬ探索に足を踏み入れるきっかけとなったのである。

源太郎が居間から出て行き入れ替わるように久恵が入って来た。何か話をしたそうだ。

「どうした」

「源太郎なのですが」

「源太郎がどうした」

「このところ、帰りが遅いのです」

それは源之助も気がついていたが、特別に気にかけてはいなかった。

「見習いの身だ。覚えることが多いのだろう」

「そうですよね」

久恵は何か言いたそうだったが、源之助が夕餉の支度を求めるとそのまま口をつぐんだ。


翌日、源之助は北町奉行所に出仕した。

以前は南町奉行所に姓名掛はあった。山波が南町奉行所に籍があったためだ。それが、源之助が職務を引き継ぎ、今度は北町奉行所に置かれることになった。

といっても、閑職である。奉行所内に改めて部屋を空けるということはなされず、土蔵の一つを当て、そこに南北町奉行所与力、同心の名簿が置かれた。十畳ばかりの板敷きに壁に沿って書棚が整然と並べられ、真ん中には畳が二畳敷かれている。そこに文机《ふづくえ》や座布団、茶などの日用品を置いている。

大きな樫の木の陰になっていて直接日が差さないが、風通しが悪くどんよりとした暑さが淀んでいる。誰もいないことをいいことに、羽織を脱ぎ、小袖の裾を尻はしょりにして暑さを凌いだ。それとて涼を感じるには程遠く、「暑い」を繰り返しながら忙しく団扇《うちわ》を動かす日々だ。

源之助は南町奉行所の名簿から木下順次郎の名簿を取り出した。ぱらぱらと頁を捲ると、屋敷の所在を確かめた。汗が滴り落ちないよう手拭いで顔中から首筋を拭いてから視線を走らせる。

「生年は天明六年（一七八六年）ということは、二十五歳か。若いな」

意外な若死にいささか驚いた。両親ともに他界しており、妻である美玖《みく》が一人未亡人となって残っている。

すると、木下家は跡継ぎがいないことになり、絶えるということだ。一遍に気が重くなった。しかし、訪ねないわけにはいかない。

まずは、気を落ち着けようと茶を飲んだ。気がつくと今日も蟬しぐれがかまびすしい。天窓から差し込む朝日も目が痛くなるほどに眩《まばゆ》い。

木下美玖。

歳はまだ二十一歳。夫に先立たれた歳若い未亡人。これから、どうするのだろう。どんな人生が開けるのだろう。会ったこともない美玖に対する様々な思いが過《よ》ぎった。

木下家はもちろん八丁堀にあり、源之助の組屋敷からは十町ほど南に歩いた所に所在した。炎昼の小路は外出を避けているのか人気《ひとけ》がなく、蟬の鳴き声ばかりが耳につく。木下屋敷は当主が亡くなったと思って見るせいかひっそりとしていた。

木戸門を潜り飛び石伝いに母屋の玄関に向かった。格子戸を開け、

「失礼致します」

と、声を放つ。程なくして廊下に衣擦れの足音がし女が現れた。美玖であろう。美玖は式台に座り三つ指をついた。化粧気はないが肌のみずみずしさは二十一歳の若さを如実に表していた。

目鼻立ちが整った美人だが、夫に先立たれた若き未亡人ということが頭にあるせいか、眉間に影が差しているように見えた。

「拙者、北町の蔵間源之助と申します。このたびはお悔やみ申し上げます」

丁寧に頭を下げる。

美玖は濃い睫毛《まつげ》を揺らし、

「これは、わざわざお越しくださりありがとうございます」

と、挨拶を返すと、「どうぞ」と源之助を導いた。仏間に通され、仏壇の前に座った。懐中から香典を取り出し、位牌を仰ぎ見た。両親の位牌と共に順次郎の位牌もある。

両手を合わせ瞑目し、若くして生をまっとうした順次郎の霊が安らかな眠りにつくことを祈った。

「ご主人、まこと、お気の毒でございましたな」

若き未亡人にどんな言葉をかければいいものか、道々、考えてきたのだが、とてものこと適当な言葉は浮かばなかった。結局出た言葉はごくありきたりのものだ。

「ご丁寧に痛み入ります」

美玖は毅然としていた。

若いに似ず、しっかりとしている。八丁堀同心の妻という自覚がそうさせているのか、夫の死がまだ受け入れられないのか。

「定町廻りになられたのは三年前の四月ですか」

名簿に記載されていた木下の履歴を思い出し会話の糸口とした。

「はい」

「不幸な事故でしたな。雷雨の夜に大川に足を滑らせるとは」

「事故ではございません」

そう言った美玖の顔は眉間が狭まり、目がきつくなった。

「事故ではない、と申されると」

源之助は戸惑いがちに問い直した。

「主人は殺されたのです」

美玖は容易ならざることを口に出した。予想に反した展開となったが、無視はできない。

「誰にでござるか」

「わかりません」

美玖は首を横に振る。

「では、何故、そのようなことを申される」

「それは……」

美玖は唇をきっと結んだ。

「大川に足を滑らせたとの報告が届いたのだが。先月の二十五日、雷雨の夜のことだったと、それは嘘ということですか」

「主人は吾妻橋の辺りで何者かに突き落とされたのです」

「何を証《あかし》にそのようなことを」

「証はございません。ですが、あまりにもおかしいのです」

「おかしいとは」

「主人はある事件を追っておりました。それが、先輩方や与力さまと対立を生んでいたのです」

「ほう、それはどのような」

「具体的なことはわかりません。大川に足を滑らせたのは、吾妻橋近くの桔梗屋という料理屋で飲んだ酒が災いしたと南の御奉行所では見ておられます。しかし、主人はめったに酒を口にしませんでした。ましてやお役目の最中です。あんな雷雨の晩に酒など飲むはずがございません。酒を飲んで足を滑らせるなど、絶対にありません」

「申されることはよくわかるが、もし、本気でそうお考えなら、そのこと、南町の同僚どもに訴えたらどうですか」

「訴えたのです。何度も……」

その沈んだ瞳からは無念の心の内が透《す》けて見える。

「取り上げてくれなかったのですか」

訊かなくてもわかったが、訊かざるを得ない。

「一応は、探索はしてくだすったのです。ですが、あれは、あくまで主人の不注意ということでした」

「お一人で酒を飲んでおられたのですか」

「一人ということでした」

「料理屋で一人というのはおかしなことですな」

源之助は首を捻った。

「誰かと待ち合わせていたようだということでしたが、結局、主人の他、誰も姿を現さなかったというのです。主人がいた座敷には空《から》になったお銚子が残っていたそうです」

「それで、酒を飲んでおったということになったのですな……」

源之助は腕組をした。

「おかしいとは思いませんか」

美玖はすがるように半身を向けてきた。

「確かに、妙と申せば妙でござるな」

「蔵間さま、主人を殺した下手人を探すこと、お願いできませんか」

美玖は両手をついた。

「何を申される」

「お願い申し上げます」

美玖は必死だ。

「落ち着かれよ」

言葉を口に出してから、自分の方がうろたえていることに気がついた。美玖は声を上ずら《うわ》せているものの、それは決意の固さを物語っているのであって、乱心からではない。そして、源之助に訴えるのは南町奉行所に対する失望があるに違いない。案の定、

「こんなことを初めてお会いする蔵間さまにお願いするなんて、あまりに非常識なこととわかっております。しかし、南町の方々はあてにはできないのです」

美玖の気持ちはわかるが安易に受け入れるわけにはいかない。

「ならば、わたしから南町の同心方にお願いしてみよう」

「いいえ」

美玖はきっぱりと首を横に振った。その顔は南町奉行所に対する絶望に彩《いろど》られている。

「主人から蔵間さまのことを聞いたことがございます」

「ほう……」

「とてもおできになる、辣腕《らつわん》の同心であられるとか。辣腕ばかりではありません。相手がどんな立場にあろうと、己が正しいと信じたことは貫《つらぬ》かれるお方と聞いておりました」

美玖の言葉は胸に堪えた。

「それは、いささか、いや、大いに買いかぶりと申すもの」

苦笑交じりに返す。

「いいえ、そんなことはないと存じます」

「いや、実際、わたしは閑職にある身だ」

と、自嘲気味な笑みを浮かべる。

「それは、正しいことを貫かれたからだと、主人が申しておりました」

「そんなことはない」

宥《なだ》めようとしたが、

「主人は申しておりました。北町の蔵間殿のような同心になることが目標だと」

正直言ってこうまで言われては断りづらい。南町が事故と断定した事件を蒸し返すことは良い顔はされまい。しかし、美玖の話を聞く限り、木下順次郎の死には不審が感じられるのも事実だ。

「お願い申し上げます」

「期待に添えぬ働きしかできんかもしれませんぞ」

美玖の必死さに負け、まごうことなき承諾を意味する言葉を発してしまった。美玖の顔が輝いた。

「ありがとうございます」

「ひとまずはこれで失礼する。これから、南町へ行ってみることにします」

「よろしくお願い申し上げます」

美玖の期待がずしりと圧《の》し掛《か》かってきた。


南町奉行所にやって来た。

南町奉行所は数寄屋橋御門内にある。つい、一月前まではここへ通っていた。山波が南町奉行所に属していたためである。顔見知りとなった門番が笑顔を向けてくる。

同心詰所に顔を出した。

筆頭同心瀬川角之助《せがわかくのすけ》がいた。源之助の顔を見ると、縁台から腰を上げ、

「これは、蔵間殿」

と、軽く頭を下げた。周囲にいる数人の同心も挨拶をしてきた。源之助も挨拶を返す。

「ご多忙中のところ、畏《おそ》れ入りますが、ちと話を聞きたいと存じましてな」

「わかりました」

瀬川は部下に目配せをした。部下たちは詰所から出て行った。

「どうぞ」

瀬川は向かいの縁台を指し示した。源之助より五つ年下である。精悍な面構《つら》えのせいか歳より若く見える。源之助は瀬川の向かいの縁台に腰を落ち着けた。

「いやあ、暑いですな」

まずは無難に切り出す。

「まったくです。今年は幾分か涼しい夏と思ったのですが、例年以上の暑い夏になりそうですな」

瀬川も応じたがその目は探るように凝らされた。

「本日は両御組姓名掛の職務でまいりました」

瀬川は表情を消した。

「先日、亡くなられた木下順次郎殿の一件ですが」

言いかけた時、

「気の毒なことに思わぬ事故でした。まだ、歳若く、これからという男でした。まったく不運としか申せません」

瀬川は機先を制するように口を挟んだ。

「事故ですか」

わざと言葉をなぞった。

「飲めぬ酒を飲んで、大川に足を滑らせたのです」

「何故、酒などを飲んでいたのでしょうな」

「さあ、それは、わかりませんが、料理屋で待ち合わせをしておったようですからな」

「その相手は誰だったのでしょう」

「わかりません」

言ってから瀬川は自分の怠慢ではないことを示すように、

「聞き込みは行いました。しかし、相手が誰かはわかりませんでした」

と、付け加えた。

「その相手は姿を見せなかったのですな」

「そういうことです」

「それから、木下殿は一人雷雨の中を出て行かれた」

「そうです」

「それで、吾妻橋に至ったところで、足を滑らせてしまった」

心持ち首を傾げる。

「いかがされた。不審に思われておられるのですか」

瀬川は不愉快そうな気持ちを言葉に含めた。

「解《げ》せませんな」

瀬川は眉根を寄せ、

「細君《さいくん》に会われたのでしょう」

「いかにも」

「細君に言われたのですな」

「美玖殿は木下殿は殺されたと信じておられます」

「いかにも、困ったものです。奉行所では事故として落着をさせたのですがな」

「それは、そうかもしれませんが」

「まさか、蔵間殿、細君の言うことを信じておられるのではないでしょうな。ま、細君の気持ちを考えれば、そう主張するのは無理からぬこととは存じますが」

瀬川は苦笑を浮かべた。

「では、木下殿の死には不審な点はないとお考えなのですな」

「いかにも」

瀬川は強調するように太い声を出すと、「町廻りがございますので」と出て行った。

一人残された源之助を嘲笑うように蟬時雨《しぐれ》が激しさを増した。


屋敷に戻ると、杵屋善右衛門《きねやぜんえもん》が来ていると久恵が告げた。日本橋長谷川町に店を構える履物問屋の主《あるじ》だ。主人は代々善右衛門を名乗り、今の善右衛門で五代目という老舗である。

かつて、源之助は善右衛門の息子がやくざ者に身を落としたのをやくざ仲間から連れ戻し、更生のきっかけを与えた。以来、善右衛門は源之助に対する信頼を深め、二人の間には八丁堀同心と大店《おおだな》の商人という垣根を越えた付き合いが続いている。

第二章　姫は何処

一

居間に入ると、

「暑いですな」

善右衛門は細身ながら力強い目で挨拶を送ってきた。奇《く》しくも源之助と同じ四十二歳。町役人《ちょうやくにん》を務めているだけあって、物腰は柔らかくとも商人としての矜持《きょうじ》を失っていない。

「まったくですな」

源之助は言いながら座った。久恵が心太《ところてん》を持って来た。善右衛門は礼を言いながら源之助に向いた。久恵が出て行くのを目で追いながら、

「蔵間さま、影御用でございます」

善右衛門はまるで商談でも持ちかけるようだ。影御用とは善右衛門が個人的に依頼する、奉行所が関与しない、源之助一人で行う御用である。居眠り番という閑職に左遷され、退屈な日々を送る源之助を気遣って善右衛門は持ち込んでくる。

「なんでござる」

「人探しです」

「ほう、人探し」

「娘さんなのです。と、申しましても町人の娘ではございません、手前どもが出入りしております、直参旗本五百石御台所《みだいどころ》様御用人をお務めの大杉左兵衛長道《おおすぎさひょうえながみち》さまのご息女美玖《みく》姫さまをお探しください」

美玖という名を聞き、木下美玖のことを思い出した。もちろん、偶然だろう。

それにしても、将軍徳川家斉《とくがわいえなり》の御台所定子の用人の姫とはずいぶんと大物だ。大奥役向きである広敷役人には警備、監察を行う広敷番之頭の系統と事務方の系統がある。御台所様御用人は事務方の最高責任者である。人数は三人、若年寄の支配を受け役高五百石、役料三百俵だ。役目は奥向きの用件を表向きに伝え、表向きの用向きを奥向きへ伝えた。他に諸大名から大奥へ贈られる進物《しんもつ》を取り扱うことから役得が多いといえるが、気苦労も大変な職務だ。

「どうなさいました」

「いや、なんでもござらん」

美玖の憂いを含んだ瞳を頭の隅に追いやった。

「で、そのご直参の姫を探すとはどのような次第でござる」

「それがで、ございます」

善右衛門は心太の入った器を畳に置いた。よほど、込み入った事情がありそうだ。じっくりと話を聞こうと、源之助も背筋を伸ばした。

「美玖姫さまが大杉さまのお屋敷から姿を消されたのは、今から三年前の五月のことでした」

当時、美玖には縁談が持ち上がっていた。相手は大杉の同僚の直参旗本兵頭《ひょうどう》掃部《かもん》正元《まさもと》の子息雅一郎《まさいちろう》である。ところが、この縁談を美玖は同意していなかったという。

「相手が気に入らなかったのかな」

「そのようです。ここだけの話ですが、縁談相手の雅一郎さまは、素行がよくないと評判だったのです。奉公人に強くあたり、出入りの商人に金を無心したり、吉原への接待を強要したり、といったお方であったとか。姫さまは嫁に行くことを拒《こば》まれました。そうはいっても、大杉家としては縁談を断るわけにはいかず、大杉さまは何度も説得に当たられたのです。姫さまは拒み続け、とうとう家を出てしまわれたのです」

「ほう、それは、それは」

気丈な姫さまだ。源之助の気持ちを察したように善右衛門はうなずくと、

「それから、間もなくのことでした。姫さまは浅草の呉服問屋で焼死されたのでございます。上総《かずさ》屋さんという呉服問屋でした。上総屋さんは大杉さまのお屋敷に出入りをしておられました。そればかりか、大奥御用達であり、それを聞きつけた諸大名方も自邸への出入りを許すといった老舗《しにせ》の問屋です。姫さまは上総屋さんを頼られたのです。と、申しますのは、上総屋は姫さまのお母上、つまり大杉さまの奥さまのご実家であられたのです。奥さまは五年前に亡くなられましたが、上総屋の長女に生まれ、さるご直参の養女となって十八歳で大杉家に嫁がれました。ところが、その上総屋さんが……」

「ああ、あの火事か」

「覚えておいででしたか」

「いかにも。北町は扱ってはおらなかったが、上総屋が火事になったことは覚えております。一家も奉公人も残らず焼け死んだのでござったな」

「そうなのです。まったく、お気の毒なことでございました」

「縁談が嫌で奥さまのご実家を頼られ、そこで火事に遭遇された。気の毒なことだが、それが、どうして、今になって姫さまを探せなどと」

「それが、なのです」

善右衛門は声を潜め、一呼吸置いた。それからおもむろに、

「十日ばかり前のことでした。大杉さまの屋敷に奉公している女中が両国で姫さまをお見かけしたというのです」

「確かですか」

「何度も見直したそうです。で、姫さまに間違いないと。しかも姫さまは八丁堀同心とご一緒だったそうなのです」

「八丁堀同心ですと」

意外な成り行きに声は上ずった。善右衛門は落ち着いた様子で話を続ける。

「もちろん、大杉さまとしましても密かに八丁堀同心を探《さぐ》られたそうなのですが、どなたかまでは摑めなかったのです。兵頭さまの手前、表立っては探索ができないこともありました。そこでここは是非、蔵間さまのお力をお借りできないかと、こうしてまいった次第です」

「なるほど、よくわかり申した」

源之助は大きくうなずいた。

「百万の江戸の人間から一人の女を見つけ出すとは砂場に落とした針を探すようなものですけど、八丁堀同心の妻らしいということであれば、蔵間さまであれば、さほど困難ではございますまい」

「この三年で身を固めた者ということですな」

源之助は記憶の糸を辿るように視線を凝らした。北町奉行所において、この三年で夫婦になった者たちの顔を思い浮かべる。三組ばかりが思い浮かんだ。いずれも源之助夫婦が仲人をした。

その中で、美玖に相当する女はいない。いずれも、南北町奉行所の同心の娘ばかりだ。となると、南町ということになる。

やはり、木下か。

いや、そう考えるのはいかにも早計だ。

「明日にでも名簿を当たってみましょう」

言いながら思い浮かぶのは木下美玖のことである。確か、父は八丁堀同心ではなかった。御家人であった。

「ご面倒をおかけします」

善右衛門はぺこりと頭を下げた。

「どうせ暇な職ですからな」

「そういう意味ではございません」

あわてて善右衛門は右手を振る。

「なんの、本当のことですからな」

源之助は不愉快ではないことを示すように顔中を笑みにした。善右衛門もそれを見て安堵の笑みを漏らし、

「ところで、蔵間さま、何か面白い趣味などは見つけられましたかな」

「いや、あれこれ興味を持ってはみるのですがな」

「三味線はどうされました」

「ああ、三味線ですか」

三味線は筆頭同心だった頃、手札を与えていた京次《きょうじ》という岡っ引の女房お峰《みね》に習い始めたものの、このところ怠りがちである。

「どれも、長続きしませんな」

「無理になさることはありますまい。あくまで、楽しみでございますのでね」

「それは、そうなのですが、我ながら飽きっぽいと申しますか、不器用と申しますか……」

「ご自分を責められることはございませんよ」

源之助は慰められ、しばらく口ごもっていたが、音吉の顔が浮かんだ。

「ところで、善右衛門殿は、朝顔はお好きですかな」

「朝顔」

善右衛門は源之助の口から意外な言葉を聞いたようで首を傾げていたが、

「まあ、夏の風物詩ですからな。この時節、朝に見かけると、心が和《なご》みます」

「近頃は変化朝顔という面白い朝顔がござる」

「そのようですな」

「浅草の朝顔市を覗いたのですが素晴らしいですな」

「どうやら、朝顔に興味を持たれたようですね」

善右衛門はおかしそうに肩を揺すった。

「熱心に朝顔師の修業をしておる男と知り合いましてな」

「ほう」

「浅草の朝顔市で知り合ったのです。音吉という男です。よろしかったら、覗いてみてやってください」

「わかりました。蔵間さまがそこまで目をかけられたお人なら、きっと、素晴らしい朝顔を栽培なさるのでしょうからね」

「まあ、熱心《しんし》なものですよ」

音吉の真摯な目が思い浮かんだ。

「ならば、これで」

善右衛門は腰を上げた。

「では、明日から当たってみます」

「お願いします」

「暑いですからな、お身体、いとわれよ」

「蔵間さまも」

「わたしは頑丈なのが取り柄でござる」

「それは、お互いさまです」

二人は声を放って笑った。

縁側から涼やかな夕風が吹いてきた。蝉の鳴き声がやんだ。地平は薄い茜《あかね》に染まっているが、中天はまだ明るい。夏の長い昼下がりがゆっくりと過ぎて行く。

二

善右衛門が帰り、源之助はぼんやりとした不安に包まれた。もし、美玖姫が木下美玖であったなら、どうすればいい。大杉家に戻るよう言うべきか。

さっぱりとした気分で考えようと湯屋に行くことにした。八丁堀同心は普通、出仕前、早朝に行くのが一般的だ。源之助もそうしているのだが、夏のこの時期、汗ばんだ身体をさっぱりとさせたい。

浴衣に着替え近所の湯屋に向かった。脱衣所の乱れ籠《かご》に浴衣を脱ぎ、風呂場に入った。湯煙の中、何人かの男が湯船に浸かっている。見知った顔が何人かいたので挨拶を送る。

そのうち、湯煙の切れ目から山波平蔵の顔を見つけた。山波は熱めの湯に首まで浸かり、気持ち良さそうに目を瞑っている。源之助が近づくと小さな波紋が広がり、山波の目が開けられた。

「これは、蔵間殿」

源之助は軽く頭を下げると、しばし並んで湯に浸かっていたが、やがて山波が湯か

ら上がるのに合わせ、

「背中を流しましょう」

連れ立って洗い場に向かった。山波は遠慮したが、源之助が再度言うと受け入れ、小さな背中を向けた。山波の背中を流しながら、

「南町の木下殿をご存じですな」

「知っております。先月の二十五日に亡くなったとか。まだ、若いのに残念なことです」

山波は顔を曲げ源之助を振り向いた。

「まだ、二十五歳だそうです」

「そうでしたなあ」

「木下殿、どんな男でした」

「特別に親しくしておったわけではないが、夫婦になる時に少々揉め事がありましてな」

どきりとした。

「と、おっしゃいますと」

「女房は確か」

山波は源之助に背中を流され心地良さげに目を細めた。が、名前が出てこないのか口は閉ざされたままだ。

「美玖殿と申されますな」

源之助が助け舟を出すと山波はにんまりとし何度かうなずいて、

「その美玖殿と結ばれる時、親戚一同から反対されましてな」

「美玖殿の実家が八丁堀同心ではないからですか」

「そうです」

「しかし、素性は御家人村木《むらき》右門《うもん》殿の娘であると名簿には記載されておりますが」

「あれは……」

山波は困ったような顔をした。

「いかがされたのです」

「いや、実は」

名簿に記載されている御家人村木は、

「わしの親戚なのです」

「そうなのですか」

源之助の手が止まった。

「いや、あれは、なあ」

源之助を向いた山波の眉間の皺は困惑を示すように深かった。

「ここだけの話にして欲しいのだが」

「むろん、今更、どうのこうの蒸し返すつもりはござらん」

「ならば、申し上げるが、木下殿は美玖殿の素性についてはっきりとは申されなかった。ただ、ただ、一緒になるとの一点張りでした。しかし、それでは、都合が悪い。素性が不明の女を町奉行所の役人名簿に記載するわけにはいかんからのう」

木下は山波の困惑にもかかわらず、美玖をどうしても女房にしたいと言い張った。そこで、山波は苦肉の策として、親戚の御家人村木右門に頼み、形の上だけで養女になってもらうことにした。木下が金十両を用立てたという。

「そういうことでしたか」

「ここだけの話ですぞ。ばれたら、色々と厄介ですからな」

山波は悪戯《いたずら》が見つかった子供のように舌をぺろりと出した。

「美玖殿の素性は不明のまま、ということですな」

源之助の脳裏には大杉の名がはっきりと浮かんだ。しかし、ここでそれを言うわけにはいかない。

「わからず仕舞いというか、村木の娘ということで決着がついております」

「なるほど」

「わしもついよかれと思ってそうしてしまったのですがな。それが、今、何か問題が起きておるのですか」

「いや、そういうわけではござらん。ただ、先日、名簿作成のため組屋敷を訪ねましたので、つい、興味を抱いた次第です。姓名掛の役務に就いてから、とかく他人の暮らしを好奇の目で見るようになり、いけませんな」

今の段階では迂闊なことは言えない。

「山波殿、嫌なことをお訊きしてすみませんでした」

「なんの、気になどしておりません。それにしても蔵間殿、お役目熱心でございますな」

山波は愉快そうに笑った。笑い声は源之助のわだかまりを吹き飛ばすように快活だ。

「近々、朝顔市に行きましょう」

「蔵間殿、すっかり、朝顔に夢中ですな」

「ええ、知れば、知るほど興味が湧いてまいります」

山波は、今度は自分が背中を流しましょうと言った。

翌日、奉行所に出仕すると同心詰所に顔を出した。正門である長屋門脇に構えられ、土間に縁台が並べてあるだけの殺風景な空間だ。詰所には定町廻りの同心たちが詰めている。つい、四ヶ月前までは源之助の部下たちだった。源之助が顔を出すと、当然のごとく、みな笑顔で迎えてくれた。

その中で牧村新之助《まきむらしんのすけ》という若い同心に声をかけた。かつて、源之助は新之助の父から同心としての職務を仕込まれた。その恩返しと、新之助には格別に目をかけ厳しく指導していた。

新之助もそれに応え、今では一人前の定町廻りに成長している。

新之助と一緒に詰所を出た。朝から日輪はぎらついた光を放ち、蟬は今を盛りと鳴いている。

「いかがなされました」

「忙しいか」

「まあ、取り立てて事件はございませんが。町廻りは欠かしておりません」

「それは、そうだろうがな」

「どうされたのです。退屈をされているのではございませんか」

新之助は源之助が暇を持て余しているのかと含み笑いを漏らした。新之助の懸念を払うように穏やかな表情で、

「少々、調べたい一件があってな」

「どんなことです」

「先日に死んだ、南町の木下殿の一件だ」

とたんに新之助の目が険しくなった。

「何か、不審なことを嗅ぎ取っておられるのですか」

「嗅ぎ取るも何も不審な点だらけだ」

源之助は美玖から聞かされた木下の死の様子を語った。新之助は大きく目を見開き、

「それを蔵間さまはお調べになられるのですか」

「そうだ」

「しかし、南町では事故と断定したのですよ」

「わかっておる。南町との関係が心配なのだろう」

「ええ」

「だから、わたしが単独で行う。おまえたちには関わりないことだ。だが、行うにしても、ちと、手足が欲しいと思ってな」

「京次ですか」

「しばらく、京次を借りたい」

「わたしは、かまいませんが。それより」

新之助は源之助の行いを心配している。

「慎重に行う。心配するな」

「はあ」

新之助としては言い返せないのだろう。それ以上は反論しなかった。

「ならば、京次の所へ行ってくる」

源之助は足早に立ち去った。

背中に、強い日差しと新之助の視線をいやというほど感じた。


京次の家は神田三河町の横丁にある。骨董屋蓬萊《ほうらい》屋久六《やきゅうろく》が家主となっている三軒長屋の一軒だ。

家に近づくと、女房お峰が奏でる三味線の音色《ねいろ》が聞こえる。このところ、すっかり、稽古からご無沙汰である。お峰と顔を合わせることに多少後ろめたさが募ったが、思い切って格子戸を開け、

「京次、おるか」

努《つと》めて明るく声をかけた。小上がりになった八畳間の長火鉢の前にお峰は座っていた。源之助に気づくと三味線を脇に置き、

「おや、旦那、お珍しいこと」

お峰の言葉にはやや険が含まれていた。

「このところ、忙しくてな」

実際は暇なのだが、つい、そんな言い訳が口をついた。お峰は奥に向かって、

「あんた」

と、呼んだが、それを聞くまでもなく襖が開き、京次が姿を現した。通称、「歌舞伎の京次」とあだ名されているだけあって、男の源之助が見ても惚れ惚れするような男前である。現に十年前までは中村座で役者修業をしていた。些細なことで客といさかいを起こし、役者をやめた。

その争い事を取り調べたのが源之助である。接してみると、人当たりがよく、口達者な京次は岡っ引に向いていると思い、修業させて五年前に手札を与えた。

「いらっしゃい、どうぞ」

京次はお峰に冷たい麦湯を用意させた。源之助は土産の葛餅を出し、

「このところ、朝顔に凝っておる。と、申しても自分で育てておるわけではないがな。朝顔市を覗いたら、見事な朝顔に出会ったのだ。音吉と申す、植木職人が育てた朝顔だが、それは見事だった。おまえたちも見物してみるといい。音吉は腕が良いばかりか、女房想いの良い男だぞ」

ひとしきり、音吉夫婦を褒め上げてから、

「ちと、頼みたいことがある」

と、頬を引き締めた。いかつい顔が際立った。京次はそれで了解し、

「旦那に冷たい心太でも買ってきな」

と、お峰に告げた。お峰も了解し、「あいよ」と出て行く。

「実はな、先月の二十五日、大川で溺れ死んだ南町の同心木下の一件について探索を行いたい」

「ほう」

京次はやさ男然とした面差しが締まり、岡っ引の顔になった。

「細君の美玖殿に頼まれたのだ」

一件を引き受けた経緯を語った。

「旦那は人がいいからな。それとも、その美玖さまという方が気に入りましたか」

京次は軽口を言ったが、源之助が乗らないことを見て取ると、ばつが悪そうに軽く頭を下げた。

「おまえ、手伝ってくれるな」

新之助には話を通したことを言い添えた。

「もちろんですよ」

京次は目を輝かせた。

三

「よし、ならば」

膝を手で打つと源之助は京次に一件のあらまし、木下が吾妻橋近くの料理屋桔梗屋で客待ちをしていたこと、普段飲まない酒を飲んだこと、待ち人は現れなかったこと、雷雨の中一人夜道を帰り大川に滑り落ちて溺死したことを語った。

「確かに怪しいですね」

京次は不信感を露《あらわ》にするように唸《うな》った。

「そうだろう」

「ぷんぷん臭いますよ」

「聞き込みしてきてくれ。但《ただ》し、大っぴらにはするなよ」

「承知しました」

京次の声は濁っていた。それが、南町奉行所を憚《はばか》ってのことだと思い、

「南町の手前、表立ってはできないからおまえに頼んでおるのだ」

「旦那の頼みを断ることなんてできませんや」

京次は源之助に頼られるのがうれしいらしく胸を叩いた。

「ところで、浅草並木町の呉服問屋上総屋が火事になったことを覚えておるか」

「気の毒に奉公人も一家も残らず焼け死んでしまった、っていう火事でしょ」

「原因はなんだったのだろうな」

「当時は色んな噂が立っていたようですよ。盗人が押し入ろうとして付け火した、とか、奉公人が火を付けたとか」

胸が重くなった。

そこへお峰が戻って来た。

「旦那、三味線、もう飽きましたか」

お峰の言い方は心にひっかかった。

「いや、そうではないが」

「じゃあ、たまには稽古に来てくださいよ」

「ああ」

「また、そんな生返事《なま》を」

「生返事ではない」

「なら、来てくださいよ」

京次が堪りかねたように、

「おい、おい、そんな、無理なこと言うんじゃやねえ」

「無理なことじゃないよ、ねえ、旦那」

お峰は言い返す。

「生意気言いやがって」

京次は源之助の手前、お峰に言い聞かせようとしたようだ。

「わかった。必ず、来るから、今日のところは勘弁してくれ」

源之助は夫婦喧嘩には付き合えないと腰を上げた。

源之助は浅草並木町にやって来た。上総屋のことをまずは探ろうと思ったのである。

並木町を行き交う棒手振りに上総屋の所在を聞いた。蔵前通りに面して間口十間の店構えだったという。足を向けると、そこには呉服問屋はなく、草茫々と火除け地になっていた。

敷地五百坪ほどか。

「ここは」

思わずうめいた。音吉が両手を合わせていた場所だ。世話になった出入り先だったと言っていた。すると、音吉が世話になっていたのは上総屋だったのだ。偶然だろうが、妙な因縁を感じた。

見回すと、裏手に一膳飯屋がある。そこへ入って尋ねることにした。暖簾を潜ると、「いらっしゃいまし」

勢いのいい女の声が返された。まだ、昼には半時《はんとき》(一時間)ほど時があるとあって、客はまばらである。

小机の前に置かれた腰掛代わりの酒樽に腰を下ろす。

「今日は鰯がおいしいですよ」

女が声をかけてくれた。腹は空いていないが、調理場から漂ってくる鰯の焼ける匂いに、

「美味そうだ。それをもらおうか」

と、注文をした。なんとなく女と調理場のやり取りを聞いていると、二人は夫婦であるらしい。女はお末《すえ》と呼ばれていた。調理場から覗く男は浅黒く日に焼けた無骨そうな男だ。

しばらくして、鰯と丼飯、豆腐の味噌汁が運ばれて来た。

「お待ちどおさま」

お末の明るい笑顔につい源之助も笑みをこぼす。

「美味そうだ」

実際、鰯はよく脂が乗り、白米とぴったりと合った。添えてある大根の浅漬けも程よく塩気が効いて飯が進む。食欲はなかったが、すらすらと丼飯を食べ終えることができた。

「どうぞ」

お末が茶を注ぎ足してくれた。

「この店はだいぶ経っているのか」

「五年くらいです」

「三年前、この近所の上総屋という呉服問屋で火事があったであろう」

お末は大きくうなずくと、

「そうでした、うちもご家族の方々がご贔屓《ひいき》にしてくだすったんですよ。ご主人は情け深いお方で、奉公人のみなさんが夜更かしで仕事をなさる時なんか、握り飯を届けてやってくれなんてね。それと、玉子焼き、これうちの人の自慢なんですけどね、それを一緒に」

お末は沈んだ顔をした。

「見知った者ばかりだったんだな」

お末はこくりとうなずいた。

「火事の原因はなんだったんだ」

お末は怪訝な顔をした。

「お侍さま、どうして今頃になってそんなことをお訊きになるのですか」

「あ、いや、それがな。わたしは北町奉行所の蔵間と申すが、ちと、妙なことを耳にしてな」

お末は調理場を振り返った。調理場から亭主が出て来た。女房が見知らぬ侍と話をしていることが気になったのだろう。お末は亭主に上総屋の火事のことを訊かれていると話し、源之助を北町のお役人と言い添えた。

亭主は腰を折り仁助《にすけ》と名乗った。

「妙なことと申されますと、どんなことですかね」

「付け火ではないかと聞いたのだ」

「やっぱり、それ、本当だったのかね」

仁吉は首を捻《ひね》った。

「どうしたのだ」

「それが、蔵間さまの前にも上総屋さんの火事のことを訊きにいらしたお侍さまがおられたのですよ。十日ばかり前のことでした」

「ほう、それは」

ひょっとして南町奉行所であろうか。南町奉行所が上総屋の火事を洗い直しているのだろうか。

「南町の同心かな」

源之助はいかつい面差しを補うように努《つと》めてやさしい物言いをした。仁助は首を横に振り、

「ご直参旗本さまのご家来衆とのことでした。旗本の誰かということは名乗られませんでしたが」

大杉の家来か。

大杉は娘が生きていると聞き、家来に上総屋の火事探索をさせているのではないか。

大いに可能性がある。

「で、当時そんな噂は聞かなかったのか」

「確かに、そんな噂があったことはあったんです」

「具体的に聞かせてくれ」

「奉公人が火を付けたという噂ではありませんでした」

「と言うと」

「怪しい連中が上総屋さんの前をうろうろしていたのを見た者がいるのです」

「盗人か」

「いえ、そこまではわかりませんが」

「そのこと、南町奉行所は探索をしなかったのか」

「探索をなさったと思います。ですが、はっきりとはしませんでした」

「このこと、前に訪れた侍にも話したのか」

「はい」

「男はどんな男であった」

「ええっと……」

仁助はお末と話を始めた。二人が記憶を辿りながら侍について話したことを源之助は懐紙に書き留めた。

それによると、歳は四十くらい。中肉中背であばた面だという。そこまで聞けば十分だ。大杉の屋敷に出入りする侍を確かめれば、はっきりするだろう。

「すまん」

懐紙を仕舞った。

そこでお末が、

「あの、先日、吾妻橋の近くで足を滑らせて大川に落ちて亡くなられたお役人さまなんですが」

木下がどうかしたのか。無言で先を促す。

「そのお役人さま、三年前、上総屋さんの火事を調べておられたのです。それで、つい最近も、時折、この辺りを火事のことについて聞き回られておられたのです」

「木下殿か」

「はい、木下さまとおっしゃいました」

「木下殿が上総屋の火事を……」

美玖が言っていた木下が探索していた一件とは上総屋の火事だったのか。

「それは、熱心でまじめな同心さまでしたのに、あんなことになるなんて」

「まったくだ」

仁吉も応じた。

「まだ、お若いのに」

お末はさかんに木下の死を悼《いた》んだ。すると、お末が、

「今でも、毎月二十日、つまり、上総屋さんのご家族や奉公人のみなさんの月の命日には、火除け地になった野原にどなたかはわかりませんが花が手向《たむ》けられているのです」

きっと、美玖姫に違いない。証はないが、そんな気がしてならない。

「昼の書き入れ時前にすまなかったな」

源之助は銭を余分に置いた。

「また、どうぞ」

お末の声に見送られ外に出た。

中天の空に大きな入道雲が横たわり日輪を隠している。幾分か暑さを凌《しの》げた。真っ白に光る雲を仰ぎ見ながら、どうするかと思案をする。

木下美玖に会って上総屋の一件を問いただすか。

「いや、その前に」

南町奉行所の上総屋の火事探索の様子を知りたいと思った。

四

源之助は南町奉行所の同心詰所に顔を出した。

「これは、連日のお越し痛み入りますな」

筆頭同心瀬川角之助の対応は気遣いの言葉とは裏腹に冷ややかだった。

「ちと、気になることがございましてな。例繰方《れいくりかた》にまいりたいのです」

源之助は瀬川の応対をものともせず、にこやかな笑みを投げかけた。

「ほう、なんでございますかな。例繰方などに行かれなくても、わたしでわかることでしたら、なんなりとお答え致すが」

瀬川にそう言われた以上、問わないわけにはいかない。

「ならば、お聞き致します。三年前の上総屋の火事について知りたいのです」

瀬川は格子窓の外を見やったがじきに視線を源之助に戻し、

「あれは、木下が調べておりました」

と、落ち着いた物言いながら、昨日と同様に警戒心を目に込めていた。

「そうでしたか」

「それが、いかがされたのです」

「下手人は見つかったのですか」

「下手人も何も上総屋の失火ということですが……」

「付け火という噂もあるとか、しかも、火が出る前に上総屋の周りをうろついていた不審な者たちの姿があったとか」

源之助は淡々と言った。

「そうですな。確か、そのような話もござったが、結局は失火ということで落ち着いたのでござる」

「しかし、木下殿は付け火と考えられたのではないのですか」

瀬川は一瞬、むっとしたが、すぐに頬を緩め、

「蔵間殿、どうしてそのようなことをお訊きになられるのですかな」

「偶々《たまたま》でござる」

「偶々」

瀬川は益々、疑り深い顔をした。

「拙者、近頃朝顔に凝っておりましてな、それで、浅草奥山で催されております朝顔市にまいった折、吾妻橋近くの飯屋に入ったのです。そこの主夫婦は上総屋の人間たちと懇意にしておったということです。様々な話を聞くうちに、そんなことを」

「確かに、木下は付け火と疑っておったようですが、肝心の下手人が見つからぬではどうしようもなかったのでござるよ」

「下手人は不明のまま」

考え込むように言うと、

「ちょっと、待っておられよ」

瀬川は例繰方で当時の資料を取って来ると言って出て行った。

蝉時雨がかまびすしい。

首筋を伝う汗を手拭いで拭いていると、瀬川は戻って来た。帳面を捲り、
と、差し出した。

「ここでござる」

「かたじけない」

軽く頭を下げて目を通した。上総屋が火事になったのは三年前の文化四年（一八〇

七年）の五月二十日夜五つ半（午後九時）とあった。梅雨が明けておらず、この日も朝から雨模様だった。

火事は上総屋と上総屋の持ち物である長屋の一部を焼いた。被害は上総屋一家、主と女房、息子と娘が一人ずつ、奉公人は手代五人、丁稚が五人、女中が三人とあった。亡骸《なきがら》は上総屋の親戚と奉公人の家族が検《あらた》めた。

焼け爛《ただ》れて判別のつかない亡骸もあったが、火の勢いが強く、正確には確かめようがなかった。

――美玖姫は――

美玖姫はこの人数には入っていないのだろう。美玖姫のことは一切記されていない。

「なるほど、よくわかりました」

「長屋で死人が出なかったのが不幸中の幸いでした」

「盗まれた物もないようですな」

店に収納してあった呉服の類は全焼していたが、土蔵に収納してあった呉服、千両箱、銭函、さらには骨董品の類《たぐい》は無事で手がつけられていなかったことが記されている。台所の燃えようが特に激しかったことから、台所からの失火と考えられた。

「ですから、盗人による付け火の線は消えたのでござる」

瀬川はこれでわかったかと言いたげである。

「わかりました。では、何故、木下殿は付け火と考えられたのでしょうな」

「よくはわかりませんなあ」

瀬川は渋い顔をした。

「何かがひっかかった。そうとしか思えませんが」

「それは、そうでしょうが」

瀬川は乗ってこなかった。それどころか、これで用は済んだだろうとばかりに、町廻りに出て行った。

晴天の青空とは正反対に源之助の胸には暗雲が立ち込めた。

第三章　酷暑の探索

一

源之助は麹町隼人町にある大杉左兵衛長道の屋敷にやって来た。途中、富士見坂を上る際、源之助の脇をすり抜け勢い良く駆け上がって行く棒手振りたちを目で追いながら自分の身体が鈍《なま》っていることを痛感した。

四月《よつき》前までは若い部下たちの先頭を切って真夏の炎天下だろうと、雷雨の中だろうと吹雪舞う極寒の夜だろうと江戸中を駆け回っていたのだ。

それでもびくともしない頑強さが自慢だった。それが、この様《ざま》だ。日がな一日、狭い土蔵の中で過ごしているうちにすっかり足腰が弱くなってしまった。

炎天下の町中を、緑陰を求めながら汗だくとなり、息も上がっている。

顔中から噴き出した汗を拭い息を整え門番に向かって、

「失礼ながら」

と、声をかけた。門番は源之助の身形《みなり》を見て町方の同心と判断したようだ。ぞんざいには応対しなかったが、かと言って親切でもなかった。いぶかしみながら、

「なんでございましょう」

一向に警戒心を解いていない。まずは相手を安心させなければならないだろう。

「拙者、日本橋長谷川町の履物問屋杵屋善右衛門殿の要請で大杉さまのお役に立つべく働いておる者でござる」

と、善右衛門の名を出した。門番はそれで安心したのか、

「少々、お待ちください」

と、屋敷の中に引っ込んだ。

木陰に身を寄せ待つこと少々、門番が戻って来て、

「どうぞ、お入りください」

と、今度は丁寧に腰を折った。

屋敷の中に踏み入ると石畳が御殿まで続いている。石畳に松の枝が濃い影を作り、玄関脇の赤松の木陰からそよ風が吹いてきた。

源之助は御殿の玄関に通されると、玄関脇にある使者の間に通された。御台様御用人を務める家柄だけあって、屋敷の中はどこか華やいだ空気が漂っている。

使者の間も清潔に保たれ、調度品の類は見るからに値の張りそうなものばかりだ。畳は青々として塵一つ落ちていない。うまい具合に松の木陰になっていて日差しが避けられ、樫の木で作られた欄間の間から涼風が吹き込んできた。

しばらくして、初老の男が入って来た。

「御免、北町の蔵間殿ですかな」

男は善右衛門から源之助のことを聞いていたのだろう。源之助の素性を言い当てた。

「蔵間源之助と申します」

「わしは大杉家用人武藤三太夫《むとうさんだゆう》と申す」

武藤は生まじめそうな男だった。源之助に期待の籠った目を向けてくる。

「姫さまは見つかりましたか」

武藤はいきなり聞いてきた。

「いや、そういうわけではござらん」

木下美玖のことが頭に浮かんだが、今はそれを言うべきではないと思った。武藤の目にいささかの失望の色が浮かんだ。

「では、当屋敷にまいられたのはいかなるわけでござる」

「今、三年前の上総屋の火事の一件を探索しておるのです」

「上総屋の」

武藤は興味を引かれたようだ。目がしばたたかれ、目尻に無数の皺が刻まれる。

「上総屋は家族も奉公人も全て焼け死んだことになっております」

「そうでしたな。それで、姫さまも亡くなられたと思ったのです」

「上総屋が火事になったのは五月二十日、姫さまが上総屋の厄介になられたのはいつでございますか」

「そう、あれは」

武藤は思い出そうと眉根を寄せたがすぐに、

「確か、上総屋が火事になる三日ほど前のことでしたな」

「すると、ご厄介になられてそんなに日数も経っていなかったのですな」

「そういうことです」

「姫さまは、上総屋に世話になられてそれから、どうなさるつもりだったのでしょう」

「姫さまはそれ以前にも上総屋へ家出に行っておられるのです」

「ほう、それは……」

「機嫌が悪くなると行かれたのでござる」

「何故ですか」

「なにせ、亡くなられた奥さまのご実家なんですからな」

「すると、本気の家出ではなかったのですね」

「そういうことです。上総屋にも娘がおりましてな。姫さまと同じ歳だったのです。それで、その娘と遊ぶのを楽しみになさっておられたのです。ご機嫌斜めになられると決まって上総屋に行き、上総屋の娘を相手に愚痴《ぐち》をこぼされておられました」

「亡くなったのは同じ年頃の娘でしたか」

「まったく、気の毒なことです」

武藤は深いため息を漏らした。この三年、そんなため息を数え切れないほど吐いてきたことだろう。ふと、気を取り直すように源之助は顔を上げ、

「もう一つ、お訊きしたいことがございます」

「なんですかな」

「こちらのお屋敷に顔にあばたのあるお侍はいらっしゃいませんか」

「あばた」

武藤は自分の頬を撫でた。

「そうです。あばたです」

武藤はきょとんとなりながら、

「そんな武士はおりませんな」

「確かですか」

「確かです。嘘をついてもしょうがない」

「そりゃ、そうですな」

すると、あばた面の武士は何者であろう。考えてみれば、武藤の言う通りだ。大杉家は善右衛門を通じて源之助に美玖姫探索を依頼してきたのだ。そんな大杉家が独自に探索をするのはいかにもおかしい。

武藤は焦《じ》れたように身を乗り出し、

「何か手がかりでもござらんか。わが殿も気を揉んでおられるのだ」

木下美玖のことを言おうか。事の是非は簡単である。美玖に会わせればいいのである。言葉を交わすまでもなく、はっきりするだろう。

しかし、それをするのは躊躇《ためら》われる。

美玖の気持ちが問題だ。木下美玖が美玖姫だとしたら、どういう経緯かはわからないが火事を逃れ、木下と出会い妻となる道を歩んだ。木下に強要されたのでないことは、木下の死を殺しと疑い、その下手人探しに躍起になっていることで明らかだ。

美玖が美玖姫としたら、大杉屋敷に戻りたくないことは確認しなくてもわかる。

そんな美玖をいきなり、武藤に会わせるのはどうなのだろう。美玖の気持ちを踏みにじることになるのではないか。

「なにせ、殿さまは姫さまに会うことだけを楽しみにしておられる」

「それは、わかります」

源之助が言うと、武藤は躊躇う風だったが、やがて何かを決意するように声を潜ませ、

「実は、殿は病を患われておられる」

「重いのですか」

「ふむ、ここ半月ばかり登城もできぬありさまだ」

武藤の顔中の皺は微妙に揺れ、苦悩の色が見てとれた。

「それほどに」

「肺を患われておられる。医師の診立《みた》てでは、この夏を越せるかどうかといったところなのだ」

「それは、それは」

言葉につまった。

「よって、この世にあるまでに、一目だけでも姫さまに会わせてさしあげたいのだ。それにの」

武藤はここで益々深刻な顔をした。

「いかがされたのですか」

「殿は悔いておられた。姫さまの縁談についてじゃ。姫さまに嫌がる縁談を無理に押し付けてしまった。ために姫さまは、上総屋に行かれ、そこで命を落としてしまわれた」

「悲痛なことこの上ございませんな」

「まったくだ。殿は姫さまがお亡くなりになられたとお聞きになった日から、すっかり元気をなくされ、笑顔を見せることはなくなった。それが、奉公人のお邦《くに》が両国で見かけたと聞き、まさに、残り少ない、命の灯火を燃やすかのように希望を持たれておいでだ。幸い、大杉の家は嫡男長康《ながやす》さまが家督を継がれ、まずは安泰。ただ、一つのお心残りは姫さまのことなのだ」

武藤は一言、一言を嚙み締めるように語った。

「殿さまのお気持ちはわかります」

だが、美玖のほうはどうなのだろう。

ここは、やはり、美玖の気持ちを確かめてからの方がいいだろう。

「ですから、どうか、どうか」

武藤はすがるようだ。

「わかっております」

そう言わざるを得ない。武藤の意気込みを殺《そ》ぐように、

「そうだ。そのお女中に会わせてくださいませんか」

「よろしいですとも」

武藤はうなずくと廊下に出た。緊張から解き放たれほっとした。

しばらくして、武藤は一人の女を連れて戻って来た。いかにも実直そうな女だ。

「お邦でござる」

武藤に紹介され、お邦はぺこりと頭を下げた。

「こちら、姫さまの行方を探してくださっておる北町奉行所の蔵間殿じゃ。おまえが目撃した時の様子を話すがよい」

武藤に促され、お邦は訥々《とつとつ》と語り出した。

「先月の二十二日のことでございました。わたしが、両国にお使いに行っておりましたところ、西小路の雑踏を姫さまが歩いておられたのです」

「八丁堀同心と一緒に歩いておられたとのことだが」

「はい、しごく、生まじめなご様子の同心さまでした」

「生まじめな……」

眉根を寄せ、心当たりを手繰《たぐ》るようなふりをした。確かに木下はまじめを絵に描いたような男であったらしい。益々、木下美玖こそが美玖姫と思われる。

「それで、お声をかけようとしたのですが、人込みに紛れられまして」

「確かに姫さまだったのか」

「間違いございません」

「おまえ、こちらに奉公に出て何年になる」

「三年です」

「すると、姫さまと接したのはわずかだな」

「ですが、それはお美しく、おやさしいお方であられたことは瞼にはっきりと刻まれております。見間違えることはありません」

お邦は嘘をついているようには見えない。木下美玖が大杉美玖であるかどうかは、このお邦も証言できるということだ。

「わかりました。一刻も早く、姫さまを見つけ出します」

源之助はこれ以上ここにいては木下美玖のことを口に出しかねないと腰を上げた。

二

大杉屋敷を出た。

余計に気が重くなった。しっかりとした探索を積んでから来るべきであったと悔いた。

そんな思いを抱きながら、番町の屋敷街を歩いた。できるだけ木陰に身を入れ、涼を求めた。進むうちに富士見坂に差しかかった。今度は下りだ。先ほどよりは息を乱すことはあるまい。木陰が途切れ、炎日が容赦なく坂道を焦がしている。陽炎《かげろう》が立ち上り、彼方に広がる富士の絶景を歪ませていた。

と、坂を上って来る者たちがいる。まるで行く手を阻むかのように源之助の前で立ち止まった。

編笠を被った侍である。その数、四人。直感がこの中にあばた面がいることを告げる。侍たちは無言のまま刀を抜いた。

「命のやり取りをせねばならんのか」

源之助は語調鋭く言葉を投げた。

しかし、それでひるむ相手ではない。それは、源之助も予想していたことである。二人が斬りかかってきたのを横にかわした。かわした直後に抜刀した。

足腰の鈍りが気がかりだったが、白刃を向けられてみると不思議と身体はしゃきっとした。気のせいか足腰も軽くなったようだ。

全身が躍動し返す刀で斬りつけてきた二人の網笠を斬り払った。笠が切り裂かれ二人の面相が覗いた。二人ともあばた面ではない。それだけ確かめると峰を返し、二人の首筋に峰打ちを加えた。

二人は坂に倒れた。

残る二人のうち一人が右から突きを繰り出した。源之助は前方を向いたまま坂を後ずさりし、大上段から斬り下げた。男の手から大刀が落ち、坂を転げ落ちた。狼狽する相手の笠を斬る。この男もあばた面ではない。

最後の一人は刃を交えることなく踵を返し坂を駆け下りた。

「おのれ！」

源之助は雪駄を投げた。

雪駄は男のうなじに命中した。源之助の雪駄には鉛の板が仕込まれている。履物問屋杵屋善右衛門に頼んで特別にあつらえさせた代物《しろもの》だ。捕物の際に、一つでも手持ちの武器を増やそうという源之助なりの工夫である。

履き慣れるまでは歩きにくかったが、やがて苦にならなくなった。それどころか、普通の雪駄では軽くて頼りない。居眠り番となった今でもその習慣は変わらない。

男はくぐもった声を発すると坂を転げた。

源之助は坂を下り男の面相を確かめた。あばた面ではない。この四人にあばた面はいなかった。

大刀を鞘に戻したところで四人はもごもごと起き上がり、大急ぎで逃げ去った。さすがに追いかける気力と体力はなかった。

「逃げ足はやけに速いな」

久しぶりに一暴れをし、汗が滴るものの妙にすがすがしかった。

八丁堀の木下の組屋敷にやって来た。木戸には喪中の札が貼られ、ひっそりと静まりかえっている。母屋の玄関に入り、

「御免」

すぐに美玖が出て来た。源之助を見るとわずかに目元を和ませた。

「失礼つかまつる」

「どうぞ、お上がりください」

美玖に導かれまずは、仏間で木下の位牌に挨拶をしてから居間に入った。

「この屋敷、今月中に出て行かねばなりません」

美玖の言いたいことはわかる。それまでに、下手人をお縄にしてくれと言いたいのだろう。

「この屋敷を出たら、美玖殿はどうされる」

内心で大杉家に戻るのかと問いかけた。美玖は表情を崩さず、

「今は何も考えておりません。ただ、主人を殺した下手人を見つけ出すことのみを願うばかりです。それを位牌に報告しないうちにはわたしの身の振り方など、どうでもよいことです」

「無理からぬことですな」

一応は受け入れた。

ここで、美玖が美玖姫かどうか問いかけてみることにした。それがはっきりしない

うちは胸にもやもやが残り、探索に身が入らない。

「美玖殿、つかぬことをお尋ね致すが、美玖殿はもしかしてご直参大杉左兵衛さまの姫さまなのではござらんか」

しっかりと美玖の表情の動きを見定めた。美玖はほんの一瞬だけ眉根をしかめたがじきに表情を消し、

「どうして、そのようなことをお尋ねになるのですか」

「実は、拙者、大杉さまからご依頼を受けておるのです。大杉さまの姫さまを探してくれと。それで、様々な者に話を聞いたところ、姫さまと美玖殿の共通点が多数見受けられることがわかりました」

「それは、名前ですか」

「名前ばかりではございません」

源之助はお邦の目撃談を持ち出した。

美玖は首を傾げる。

「姫さまなのですか」

再度の問いかけに対する美玖の答えは予想外のものだった。美玖は、

「わかりません」

と、答えたのだ。当惑しながらも問い返す。

「わからぬとはどういうことですか」

「言葉通りです。わからないのです」

美玖の眉間に影が差した。次いで、両耳を手で塞いだ。何かを怖れるような仕草だ。

そんな美玖にさらなる恐怖を与えることは憚《はばか》られるが、美玖の答えはあまりに突飛であり、訊かずにはいられない。

「どういうことですか」

「それが、わたし」

美玖はきっと顔を上げた。

「話してくだされ」

「わたし、覚えていないのです。自分が誰なのかを」

「……。まさか、ご冗談でしょう」

「いいえ、冗談ではございません。蔵間さまがお信じになられぬのも無理からぬことなのですが、わたし、自分の素性を覚えていないのです」

「そんな馬鹿な」

「まこと、馬鹿みたいです」

美玖は困惑している。その困惑を掬《すく》い取るように、

「お話しくださらぬか」

源之助は静かに問い直した。美玖は背筋をきっと伸ばした。

「三年前のことです。わたしは、雨の中、蔵前通りを歩いていたのです」

美玖は上総屋の火事があった夜、雨がそぼ降る蔵前通りを彷徨《さまよ》っていたという。上総屋から離れ、浅草橋に至っていたという。

「木下に声をかけられました。木下はわたしが記憶を失くしていること、それに、ひどく怯えている様子に気づき、近くの番屋に連れて行ってくれました。わたしは、持っていた書付から自分の名前が美玖であることをかろうじて知りましたが、自分が誰かすら覚えておりませんでした」

その後、木下は美玖を木下家の菩提寺である八丁堀の正相寺に連れて行き、預けたという。しばらく養生すれば、記憶が戻るかもしれないという期待からだった。

「木下はそれは親身になってくれました」

毎日のように顔を出し、美玖の身寄りについて探索した様子を話してくれたという。顔を合わせるうちに若い二人はどちらからともなく引かれていったのだという。

「わたしは、次第に自分の過去はどうでもよくなりました。木下と暮らすことのほう

が大事に思えてきたのです」

美玖の顔は悲しみに彩られた。

言葉が詰まった。

毅然とした八丁堀同心の貞淑な妻の過去にそんな秘密があったとは。木下が山波に美玖の素性を話せなかったはずだ。

この美玖こそが大杉の姫なのではないか。美玖は上総屋の火事の際になんらかの理由で難を逃れた。但し、記憶を失うほどの衝撃を受けたに違いない。

「美玖殿、自分の過去を知りたいとは思わぬか」

美玖はきっぱりと首を横に振り、

「わたしは木下順次郎の妻でございます。それ以外の何者でもございません」

しかし、このままにしておいてよいものか。

「お気持ちはわかる。わかるが、木下殿は既にこの世のお人ではない。木下殿の死について疑念を持っておられる美玖殿ならば、それが晴れるまでは木下殿の死を受け入れられないということはわかる。しかしのう、美玖殿の帰りを待ち焦がれておられるお方がいるとしたら、そのお方もこの三年、美玖殿を亡くした悲しみに暮れておいでだったのだ」

源之助は努めて淡々とした物言いをした。

美玖は再び首を横に振った。

美玖の心は変わらない。硬く凍りついたようになっている。この凍った心を溶かすには木下の死の真相を究明する以外にはない。

「蔵間さまのお気持ちはわかります」

「ならば、その……」

美玖の素性を知る者と会ってはどうかと言おうとしたが、美玖は、今度は懇願するような調子で、

「申し訳ございません。わたし、木下の死を受け入れられるまでは自分の素性も受け入れる気が起きません」

それは、切々とした訴えだった。

「そのお気持ちはわかる」

美玖は身を乗り出してきた。

「蔵間さま、お願いでございます」

その目は涙で潤んでいた。

源之助の手を握り締めた。白魚のような手で握られると歳甲斐もなく、そして不遜

にも、ぞくりとするような色気を感じた。

「わ、わかり申した」

源之助はやんわりと振り解《ほど》く。

美玖ははっとしたように目元を赤らめ、

「すみません。はしたない真似をしてしまいましたね」

と、目を伏せた。

「いや、お気持ちはよくわかった」

若き未亡人の色香に惑《まど》ってしまった自分を戒める。

「ですから、どうぞ、木下の死を探索してください。必ず下手人をお縄にしてくださ
い」

「わかりました」

「なにやら、わたしの頼みを聞いてくださいましたことで、蔵間さまにご迷惑が及ん
だようでございますね」

「一旦、引き受けた以上、多少の困難は当然でござる。美玖殿、身辺をくれぐれも用
心されよ」

「気をつけます」

「なるべく、外出は控えられた方がよい」

大杉が危害を加えるとは思えない。木下順次郎の妻になっていることは知らない。それに、美玖が大杉美玖と決まったわけではない。

だが、胸騒ぎがする。美玖の身に危険が迫っているような気がするのだ。

それは、長年にわたり凄腕同心として御用を務めてきた源之助の勘働きであった。

三

自宅に戻った。

いつものように久恵に出迎えられると居間に入った。源太郎の姿はない。忙しくなったのだろう。

「源太郎、このところ遅いのう。ようやく、役に立っておるか」

久恵は微笑んでいるがその笑みはどこかぎこちない。無理に笑顔を作っているようだ。

「お食事になさいますか。お湯へ行っていらっしゃいますか」

「さて、と」

　正直、湯屋へ行くのが億劫だ。一日中駈けずり回り富士見坂では久しぶりに立ち回りまで演じてしまった。汗でねばついた身体のまま飯を食べたくはない。

「井戸端へ行く」

　井戸の水で身体を拭おう。

「わかりました」

　久恵はすぐに手桶と手拭いを用意した。源之助はそれを手に狭い庭に降りた。夕闇が濃くなり、庭の草むらに蛍が飛んでいる。萌黄色の空には薄っぺらな月が浮かんでいた。

　月を見上げながら井戸の釣瓶《つるべ》から水を汲み、桶に落とした。着物を脱ぎ、褌一丁となり顔を洗う。冷たい刺激が心地良い。手拭いを水に浸し背中を拭いた。

　風が吹き込み、汗ばんだ肌をやさしく撫でる。蟬はようやく鳴きやみ、風鈴売りの売り声が過《よ》ぎって行く。心地良い夏の夕暮れだ。

　思わずため息を漏らした。

　冷たい手拭いで背中を拭き終えると、汗が引いた。縁側には糊の利いた浴衣が用意してあった。袖を通すと、

「どうぞ」

と、久恵が盆に西瓜を載せてきた。大ぶりの西瓜だ。

「今日、朝顔売りの音吉と申す者から届けられました」

「ほう、音吉か」

「なんでも、蔵間さまには大変にお世話になったからと申しておりましたが」

「大したことはしておらんが」

そう言えば、音吉の借財五両の一件もあった。そのことは久恵には話していない。音吉のことだ。精進していることだろう。明日にでも市に顔を出してやるか。

西瓜にかぶりついた。よく冷えていて喉の乾きが一瞬にして癒された。口中に程よい甘味が広がっていく。夢中になってかぶりつき、口から種を吐くのももどかしく、ついには顔を一度も上げないままに平らげたところで、

「ただ今戻りました」

と、源太郎の声がした。

今日も懸命に務めてきたのだろうと、思わず頬が緩んだ。源太郎は廊下を踏みしめ、源之助に気づくと両手をつき、

「父上、ただ今、戻りました」

「ご苦労だったな。これ、食べよ」

西瓜の切り身を示した。

「父上、どうぞ召し上がってください」

「遠慮するな」

「遠慮ではございません」

そう言った時、源太郎の息から酒の匂いがした。

「おまえ、飲んでおるのか」

思わず、非難めいた物言いをした。源太郎は横を向き、

「いけませぬか」

声音《こわね》からは反発心めいたものが感じ取れた。源之助は飲まないわけではないが、度を過ぎることはない。家で晩酌をすることは滅多にないし、外で飲む時も二合を超えることはない。

一度だけ二日酔いを経験した。姓名掛に左遷された時だ。あの時は自制が利かず、つい深酒をした。結果、物凄い二日酔いになった。一生の痛恨事であり、今となってはもの哀しくはあるが楽しい思い出となっている。

自分が酒をそれほど飲まないから、つい息子を非難してしまったが、源太郎とて付き合いというものがあるだろう。余計なことを言ってしまったのかと後悔もする。

「何も叱っておるのではない」

源太郎も頭を下げ、

「申し訳ございません。父上に対し口答えなどを致しまして」

「まあ、よい。度を過ごすなよ」

「はい。では、湯へ行ってまいります」

酒を飲んでいるのに大丈夫なのかと言いたかったが、これ以上説教めいたことを言うのは差し控えようと思い口をつぐんだ。

残る西瓜に手を伸ばした。

「お食事の用意を調《ととの》えます」

久恵が言ってきた。

「そうだな」

西瓜で腹が膨れたがそう返した。

「源太郎も酒をたしなむようになったようだな」

わざと快活に言った。

「ええ、このところ」

久恵の言い方は遠慮がちだったが、心にひっかかった。

「このところ、帰りが遅いのは酒を飲んでのことだったのか」

むすっとなった。久恵は余計なことを言ってしまったことを後悔するように口をつぐんだ。

「どうなんだ」

つい、語調が強くなった。

「そのようです。でも、別段、悪いことをしているわけではございませんから……」

久恵は笑みを絶やさない。そうすることで息子の正当性を訴えているようだ。

「悪いことをしていなくとも、連日、飲んだくれておるとは何事だ。おまえ、それを見過ごしにしているのか。今は大事な時だぞ。見習いの身だ。毎日、学ぶべきことは多い。飲んだくれてなどいていいわけがない」

話しているうちに段々激してきた。その間、久恵は両手をつき、源之助の怒りを受け止めている。その姿はけなげであった。自分の横暴さに嫌気が差した。

「すまん」

本来は自分が注意すべきことなのだ。息子の教育を久恵に任せっきり、いや、ほとんど投げっぱなしということが招いた結果なのである。久恵を責めるのが間違っているのだ。

自分の行いは源太郎に対する不満を妻にぶつけてしまったに過ぎない。

「源太郎には、わたしから話をする。食事を調えてくれ」

「わかりました」

久恵は台所に向かった。

日に日に大人びていくのはいい。だが、飲んだくれることが成長とは思えない。それを見過ごしていた自分が情けない。筆頭同心として激務に追われていた頃は家族のことを見向きもしなかった。

居眠り番と揶揄《やゆ》される姓名掛に左遷され、生き甲斐を失った自分を励まし、支えてくれたのは、自分が顧みなかった久恵と源太郎に他ならない。家族の大切さ、ありがたさを骨身に染みて感じた源之助であった。

居眠り番に就き趣味に生きるゆとり、家族と過ごす喜びを味おうと心に決めたにもかかわらず、影御用などいう余計な仕事を引き受けるようになると、もういけない。

そんな決意などは頭の隅に追いやられ、頭の中を占めることと言えば任された事件のことばかりである。性分と言ってしまえばそれまでだが、自分の身勝手さは責められて当然だ。

源太郎のことだって、久恵は控えめながら相談を持ちかけてきたではないか。それを自分は聞き流した。聞き流しておいて、久恵を責めてしまった。

ひたすら自責の念に駆られた源之助であったが、

「お待ちどおさま」

久恵は膳を運んで来た時にはいつもの明るい笑みを浮かべていた。

どういう神経をしているのだ。

以前の源之助であれば、そう感じた。腹立ちもしただろう。だが、今ではこれを久恵の気遣いだとわかる。久恵とて、一方的な言われ方をし、久恵の言い分も聞かずに頭ごなしに叱責を加えられ、面白かろうはずがない。

にもかかわらず、このような笑顔を作っている。源之助を気遣ってくれているのだ。

そう思うと、自分がひどく小さい男に思えてならない。

だが、久恵に対する感謝を言葉に表すことができない。久恵に詫びの言葉を並べることはできない。かりに、それをしたなら久恵だってかえって戸惑うだろう。

そんな勝手な理屈をつけて黙っていると、久恵は茶碗に飯をよそい、膳に置いた。

今晩はひじきの煮浸し、めざし、生揚げに葱の味噌汁だ。

黙々と食事をする。味がしない。久恵は口元に笑みをたたえ、給仕をしていた。食事を終え、茶を飲みながら、

「源太郎の奴、遅いな。湯に行くと申しておったが」

「混んでいるのでしょうか」

「それにしても、遅い。もう、半時だ」

言いながらふと、酔った身体で湯に入り身体を壊したのかと気になった。

「ちょっと、行って来る」

亀の湯を覗いてみることにした。腰を上げたところで、格子戸が勢い良く開く音がした。

「ただいま、戻りました」

源太郎の声だ。舌がもつれている。

「あいつ」

舌打ちをした。

久恵は源之助の源太郎に対する怒りを感じ取りおろおろとしだした。明らかに先ほどよりも深酒をしているのだ。案の定、源太郎は千鳥足で廊下を進んで来た。

「ただ今戻りました」

言う源太郎はへらへらと笑っている。

「湯に行ったのではないのか」

高ぶる感情を必死で抑えながら問いかけた。源太郎は悪びれもせずに、

「そのつもりだったのですが、亀の湯の近くで同僚と会いまして、酒に誘われたのでございます」

源之助が前に出ようとした時、久恵が、

「湯に行く前にも飲んで来たのでしょう。誘われたからといって飲みに行くことはありません」

と、きつい目をした。

いつも穏やかで笑みを絶やさない久恵には見られない険しい表情だ。それは、源太郎も気づいたと見え、笑いを引っ込めて口を閉ざした。源之助も発する叱責を忘れ黙り込んだ。源太郎は呂律《ろれつ》の回らない口調で、

「付き合いというものがあるのです。母上にはわからないことです。男の付き合いです」

「なにが男の付き合いですか」

久恵は引かない。

「男の付き合いですよ。余計な口出しは無用に願います」

源太郎はぷいと横を向いた。久恵がさらに何か言おうとしたのを、

「母上に対し、なんだ、その口の利き方は」

源之助は大声を出すのを必死で堪えながら低い声音で言った。

「父上だって、毎晩遅くまで家に帰らなかったではございませんか」

「何を申す」

初めて聞く、源太郎の反抗に心が千々《ちぢ》に乱れ、舌がもつれて言葉が発せられない。

「父上はお役目で遅くなっておられたのです。飲み歩いてではございません」

すると、尚も源太郎は口答えをしようとした。その瞬間、源之助の堪忍袋の緒が切れた。

「馬鹿者！」

拳で殴りつけた。源太郎はもんどり打って背後に倒れた。しばらくの間、何が起きたかわからないように源太郎は目を白黒とさせていた。

「謝りなさい。父上に謝るのです」

久恵に促され、むっくり起きると、

「申し訳ございません」

その一言だけ言い残して自室に向かった。

「あいつ」

源太郎を殴った右の拳を眺める。赤く腫れているように見える。

「申し訳ございません」

久恵は必死で謝った。

「いや、おまえが悪いわけではない。わたしが目を離していたからだ」

「でも」

久恵はそれでも自分を責めるようだ。

「いや、よい。あいつも、一人前になろうとしているということかもしれんな。今までが、従順に過ぎたのかもしれん」

「ですけど、このまま、悪い道に足を踏み入れてしまっては」

「そんなことはない。あいつに限ってな」

そう言ったものの確信があるわけではない。久恵は不安そうだったが、これ以上不安を言葉にすることはしなかった。言葉の代わりに、腰を上げた。

源太郎の様子を見に行くつもりのようだ。敢えて引き止めはしなかった。

明日から奉行所では、それとなく様子を見てやろう。もちろん、御用に口出しする気はない。しかし、公私混同にならないよう気にかけるのは父親として当然だし、それくらいは許されるというものだ。

しばらくして久恵が戻って来た。

満面を笑みにしている。

「どうした。不貞腐《ふてくさ》れておったのではないか」

「いいえ」

久恵は大きく首を横に振ると、「寝ておりました」と言い添えた。

「ふん、酔いつぶれたのか」

「そうですわね」

「まったく、だらしのない奴だ」

「明日、目が覚めたらきっと後悔するでしょう」

久恵はおかしそうに笑い声を上げた。

「しょうがない奴だ」

久恵は、「お茶を淹《い》れます」と腰を上げた。

ついさっきまで抱いていたささくれだった気持ちが静まっている。それどころか、胸の中はほんのりとした温もりに包まれていた。腹立たしいことではあったが、父親と息子、夫と妻の触れ合いができたような気になった。

だが、これで終わったというわけではない。源太郎は付き合いだと言っていたが、源太郎なりの悩みを抱えているのかもしれない。いかに悩もうとも酒で紛らわすことには抵抗があるが、父親として息子の言動を見過ごしにはできない。

その晩、源之助は未解決の問題が山積しているにもかかわらず、久しぶりに熟睡ができた。

翌《あく》る朝、身支度を整え居間に行く。源太郎に励ましの言葉でもかけてやろうと思ったが、源太郎の姿はない。

さては、二日酔いで朝寝をしているのか。

そう思うと再び腹が立ってくる。つい、不機嫌になる。久恵が朝餉を運んで来たのを見て、

「源太郎、まだ、寝ておるのか」

久恵には当たらないようにしようと思ったが、つい、声音に不機嫌さを滲ませてしまった。久恵は笑顔で、

「もう、出仕致しましたよ」

「ええ、そうなのか」

振り上げた拳のやり場に困ったように横を向いた。

「一時（二時間）も早く出ました。今朝は早出で、町廻りについて行くと張り切っておりました」

「そうなのか」

久恵は噴き出しながら、

「二日酔いで頭ががんがんするとか、顎が腫れている、などとぶつぶつ言いながら出て行きましたわ」

「しょうがない奴だ」

ひとまずは、安心した。取り敢えず、御用に支障をきたすようなことはしていないようだ。

「ならば、わたしも懸命に務めねばな」

独り言のように言うと朝餉の膳に向かいながら、縁側に置かれた朝顔の鉢植えに視線を注いだ。朝日を受け、生命の息吹が感じられた。

安堵してみると脳裏を過ぎるのは影御用のことばかりではない。音吉のことも気になる。

なにせ、五両の保証人なのだ。

と、思っていると、

「朝顔、いらんかね」

朝顔売りの声がした。見るともなしに生垣に視線を送ると、

「蔵間さま」

と、声をかけてきた朝顔売りは音吉である。

「おお、達者そうだな」

縁側に出て、音吉を手招きした。

「お早うございます」

音吉は天秤棒を担ぎながら庭に入った。鉢植えは既になくなっている。

「売れたのか」

「はい」

音吉は額に滲んだ汗を半纏の袖で拭った。

「今日は市には行かないのか」

「これからです」

「市に行く前に朝顔売りをやっておるのか」

「少しでも銭を稼ぎませんことには」

「熱心だな」

「それもございますが、朝顔売りをして歩いておりますと、いろんな声を聞くのです。こんな朝顔がいい、最近、こんな朝顔を見かけた、とかです」

「なるほど、そうやって色んな趣向を栽培に活かすのだな」

「まあ、そういうわけで」

見ていて清々《すがすが》しい心持ちがした。

「必ず、市で一等賞を取ります」

音吉の澄んだ瞳が輝いた。

「ああ、その意気だ」

「ありがとうございます」

「ところで、おまえ、世話になっていたというのは浅草並木町の呉服問屋上総屋ではないのか」

「ええ、そうです。上総屋の旦那さまは大変に情け深いお方で、両方の親を早くに亡くしたわたしのことを何くれとなく親切にしてくださり、お嬢さんは朝顔がお好きでわたしが育てた朝顔をそれはたいそう愛《め》でてくださいました。それなのに……」

火事が思い出されたのか音吉は言葉を詰まらせた。

「辛いことを思い出させてしまったな。上総屋のみんなのためにもよい朝顔を育てねばな」

「そのつもりです」

音吉は決意を示すように固く唇を結んで天秤棒を担ぐと、足取りも軽く走り去った。

第四章　もう一人の娘

一

奉行所に出仕し、居眠り番の土蔵に大刀を置いて、詰所に顔を出そうと思ったところで、

「お早うございます」

と、京次の声がした。浮かした腰を落ち着け、

「まあ、入れ」

京次を蔵の中に導き入れた。京次は仲蔵小紋の小袖を小粋に着流している。役者修業をしていただけあって、身体にぴったりとしてさまになっていた。

「木下さまの一件、聞き込みをしてきました」

「これから、訪ねようと思っていたところだ」

「わざわざ、旦那に足を運んでいただくなんて申し訳ないですよ」

京次は神妙に前置きをしてから、

「木下さまが足を滑らせたという吾妻橋近くから浅草一帯を聞き込み、それに、南町の岡っ引連中へも聞き込みをしたんですがね」

木下はやはり上総屋の火事のことを調べて回っていたという。上総屋の周辺に聞き込みを行っている姿が近辺で目撃されている。

「木下さまはお一人で上総屋の一件を洗っておられたようです。なにせ、南町じゃ、あれはすんだ一件になっていたんですからね」

「どうして調べていたんだろうな」

「それが、よくわからないんです。半助《はんすけ》って岡っ引の話じゃ、先月の中頃、町廻りから戻られた木下さまの様子が変だったっていうんですよ」

「変というのは」

「なんだか、ぼうっとしていらして、普段から寡黙な方ではあったようなんですがね、それでも、御役目の時にはしゃきっとなさっておられたんだそうです。その日は、目がうつろで、半助の奴、あんまり気になったんで、幽霊でも見たんですかって、冗談めかして声をかけたんだそうです。そうしましたら、木下さま、大きく目を見開いてうなずかれたそうですよ。軽口をたたかれるようなお方じゃないだけに、薄気味悪くなったって言ってましたよ」

「幽霊な」

上総屋の火事がらみに違いない。幽霊という言葉に反応した木下が気になる。きっと、何かを目撃したに違いない。まさか、幽霊ではないだろうが、幽霊と思えるような何かを見たに違いない。

「その日からだそうです。町廻りから戻って来られるのが遅くなり、好んで浅草方面を町廻りの中心になさる。それと、半助がたまたま、南町の用事で番町に行った時、木下さまがおられたそうなんです」

「番町に」

美玖の実家かもしれない、大杉屋敷ではないのか。美玖の素性を知り、大杉屋敷に探索に出向いたのではないか。

「番町の大杉さまのお屋敷近くではなかったのか」

「そこまでは聞いていないんですがね。もう一度半助に確かめてまいりますよ」

「そうしてくれ」

これはいよいよ上総屋を探索していたに違いない。美玖は上総屋に滞在していた折、火事に巻き込まれ死亡したと思われた。ところが、どういう経緯か奇跡的に助かった。助かってからどうしたのか。

それに、付け火。

木下は付け火と考え下手人を追っていた。先月から急に上総屋の火事探索に熱心になったということは、なんらかの進展、あるいは、進展となるような材料を見つけたのではないだろうか。

そして、その手がかりとは幽霊のようなもの。

——一体、何だ——

美玖から引き受けた時よりも深い霧の中を彷徨《さまよ》っているような気がしてきた。

「で、死になさった当日なんですがね」

「おおそうだったな」

思案に耽溺《たんでき》していたが、現実に引き戻された。

「なにせ、あの雨でしたんでね、南町のみなさん、町廻りに出るのを控えていなすったんだそうですよ。ところが、木下さまは人と会う約束があるとかで出て行かれたんだそうです」

「それが、桔梗屋での待ち合わせであったのだな」

「そのようですね」

「相手は何者だ」

「そこまでは、半助も聞かなかったそうです。で、あっしは桔梗屋に行って聞き込んで来たんですよ」

「それで」

「桔梗屋も木下さまの待ち合わせ相手はわからないそうです」

「しかし、待ち合わせをしていたのは確かなのだろう」

「そうなんですが、当日は木下さまの他にはどなたも、木下さまがおられた座敷にはいらっしゃらなかったですし、店の者も誰と待ち合わせているのか、聞かなかったそうです」

「しかし、酒を飲んでいた。木下の膳の銚子は空になっていた。木下の女房の話では、木下は滅多に飲まなかったということだったがな」

「そうなんです。半助も言っておりました。木下さまが酒を飲むことは珍しいことだって」

「と、なると益々気になるな」

「で、木下さまが当日酒を飲んでいた座敷ってのを見せてもらったんですよ」

「ほう」

「それが、特別の座敷でしてね、裏庭にある離れ座敷なんです」

その離れ座敷は母屋と渡り廊下で結ばれ、女中も声がかかるまでは誰も近づかないという。

「よく、お大名屋敷のお留守役やお坊さん、それを接待する大店の旦那方が他の客と顔を合わせたくない場合に利用するそうなんです」

「さぞや値の張る座敷だったんだろうな」

思いを巡らすように視線を泳がせたがふと、

「おまえ、よくそんなところまで見たり聞いたりできたな」

京次は鼻の下を指でなぞりながら、

「へへ、まあ、ちょいと、女中に聞いたんですよ」

その様子を見れば、男前を生かして女中に色目を使い、たらしこんだことが窺える。

源之助にはできない芸当だ。

「大したもんだな」

京次は照れ笑いを浮かべた。

「となると、益々、待ち合わせ相手が気になるな」

「そういうことなんです」

「これは、ひょっとして、待ち人来たらず、ではなく待ち人はいた。桔梗屋の他の座敷にいたのではないか」

「と、言うと」

京次もはっとしたような顔になった。

「待ち人は客として他の座敷にいた。で、その座敷を抜けて離れ座敷に出向いた。そこで、木下と会っていた。木下も多少は飲んだであろうが、主に飲んだのは相手だった。相手は己が木下と面談したことを隠していたんだ」

「じゃあ、当日の客を当たればいいんですね」

「そういうことだ。もう一度、聞き込みを頼む」

「合点《がってん》です」

俄然、京次の顔は輝いた。

「当日は雷雨だった。客はおのずと限られていたはずだ」

「こら、大いに期待が持てますよ」

「歌舞伎の京次の本領を発揮できるというものだな」

「へい」

京次は踊るような足取りで出て行った。

木下殺しの探索が進むことを願わずにはいられない。美玖の凍りついた心を溶けさせなければ。今の気持ちのまま己の素性を知ったとしても喜べないに違いない。

やはり、武藤には待ってもらわなければならない。大杉左兵衛は余命いくばくもないということだ。命あるうちに、娘を連れて行かなければ意味がない。

また、そうしてやりたい。

それには一日も早く木下殺しを落着に導くことだ。

そして、木下殺しの真相を明らかにすることは、三年前の上総屋の火事の真相も白日の下《もと》に晒すことになるのではないか。

となると気がかりなことが生じる。

二つの事件が南町奉行所の探索結果とは異なる結論になることだ……。

南町の看板は丸つぶれだ。きっと、混乱するだろう。南町は快く源之助が導いた結論を受け入れるとは思えない。それが、北町と南町との間で争いに発展したら。

源之助は首を横に振った。

そんなことは、事件の真相が明らかになってから考えればいい。今は、事件の探索を続ければいいのだ。

天窓から怒ったような強い日が差し込んでくる。今日も油照りとなりそうだ。昨年までは、こうした炎天下を町廻りをし、時には駆けずり回った。身体の中にこんなに水があるものかと呆れるほどに汗をかくことがあたり前だった。

しかし、夕暮れ時、風が涼しくなりゆっくりと汗が引いていくのを味わうのは、一日の仕事の終わりと共に満ち足りた思いに浸れたものである。

去年の夏が遠い日々に感じられた。そんな感傷に浸っていると、

「御免」

源之助の後任として筆頭同心の地位にある緒方小五郎《おがたこごろう》だった。

二

「これは緒方殿」

源之助は座布団を用意した。

「いや、お気遣いなく」

緒方は言葉通りの丁寧な物腰で入って来た。歳は源之助より三つ上である。三十年

近く例繰方に所属していた。事務方一筋であったせいか、色白でどこか不健康そうな顔色の男だ。髪も白いものが目立っている。

源之助が姓名掛に左遷されたのを機に定町廻りなど三廻りを統括する筆頭同心になった。本人は現場経験が乏しいことを理由に渋っていたが、結局、適当な人材が見つからないことから、裁許に際して的確な事例を選び、理路整然とした裁許文が書けることから与力や奉行の評価が高い緒方に筆頭同心が任されることになった。源之助はどうこう言える立場にないが、妥当な人選と思う。とかく、先走りたがる連中の多い町廻りを緒方のような冷静な男が手綱を取ることでよい御用が行われるに違いない。

「いやあ、暑いですな」

緒方は手拭いで首筋を拭った。

「お務めご苦労さまです」

「なんの、蔵間殿こそお務めご苦労さまです」

「いや、わたしなんぞは、ご覧の通りの暇を持て余しておる身でござる」

緒方は源之助に礼節をつくすように穏やかな笑みを浮かべながら、

「実際、筆頭同心となり定町廻り、臨時廻り、隠密廻りを統括してみますと、蔵間殿のご苦労がよくわかります」

「そう申していただけると、ありがたく存じます」

「まこと、偽らざる心の内でござる。お恥ずかしい話、例繰方で毎日書類とにらめっこしておった時は、町廻りは一体何をしておるのだ、もっときちんとした取り調べができんのか、確かな証を得なければだめではないか、と、好き勝手なことを毒づいておったものです。しかし、実際の現場を扱ってみるとなかなかどうして」

緒方は首を横に振った。

「いや、それは、わたしも同様です。わたしは逆に町廻り一筋にやってまいりました。そのせいにしてはいけないのですが、とかく報告書の作成は苦手でございました。しかも、今だから申しますが、事務方の仕事を軽んじておったのです。現場はこんなに苦労しているんだ。事務方は苦労などわかりもしないで好き勝手なことばかり言ってくる、などと」

二人はしばらく顔を見合わせていたが、やがて、どちらからともなく笑い声を上げた。

ひとしきり笑ってから、

「いや、これは、どっちもどっちだ」

緒方が言うと、

「北町奉行所は一つでござる」

源之助は腹の底から声を振り絞った。

緒方もうなずく。心が通い合ったと思った。すると、

「ところで」

と、緒方の用件が気になった。

緒方は穏やかな笑みを浮かべたまま、

「ご子息、源太郎殿のことです」

どきりとした。

昨晩の騒ぎがあっただけに、尚更気になる。

「源太郎が何か不始末をしでかしましたか」

「いいえ、そういうわけではないのです。お耳に入れておこうと思いましたのは、最近、源太郎殿が少々、よからぬ手合いと付き合っているということなのです」

「それは……」

酒の付き合いということが思い出される。

「奉行所の同僚ではないのですな」

「いかにも」

「何者ですか」

「浪人のような」

「浪人」

「ええ、お気を悪くなさったら失礼致します。わたしは、源太郎殿が素性定かでない浪人たちと一緒に酒を酌み交わしておるとの、報せを隠密廻りから聞きました」

「それは……」

なんと答えていいものか。心配と不安、裏切られた思いが交錯する。

「源太郎殿に限って道を踏み外すことはないと存ずるが、一応お耳に入れておこうと思いまして」

「お心遣い、痛み入ります」

源之助は丁寧にお辞儀をした。

「わたしのほうでも、目配り怠らずにおきます」

緒方は静かに出て行った。

一体、何をしているのだ。源太郎の奴、まさかよからぬ連中とつるんで悪の道に足を踏み入れるようなことはあるまいが。

今晩、屋敷で顔を合わせるのが不安になった。

だが、ここは避けることはできない。父親として息子を指導することはあたり前だ。それに、よからぬ連中との付き合いをしているとなると、町方の同心としての行く末が案じられる。

そこへ、

「御免」

なんだか、今日は慌しい。またも来客か。居眠り番にしてはなんと慌《あわただ》しいことか。考えようとしている対象がころころと変わり目が回る。

「どうぞ」

言うと引き戸が開いた。大杉家の用人武藤三太夫だ。

「このような所にまで押しかけまして、申し訳ござらん」

武藤の表情には陰鬱な雰囲気が漂っていた。その顔を見ただけで、事の重要さが胸に押し寄せる。

「なんの、このようなむさ苦しい所で恐縮です」

「実は、我が殿の容態が一段と悪化しましてな。粥も喉に通らぬ有様。医師が申すには、気持ちの持ちようだとのことです。殿は生きる張りを失くしておられる。姫さまとの再会だけが生きる支えとなっております」

「さもありなんですな」

「ですから、何とぞ、一日も早く」

武藤は必死で訴えてくる。

こうなったら、木下美玖が大杉美玖であるかそれを確かめておいた方がいいかもしれない。十中八、九間違いはないと思うのだが万が一ということがある。万が一、当の美玖姫でなかった場合、一から探索のやり直しということになる。

そうなったら、時をいたずらに浪費しただけだ。

「わかりました。実は武藤殿に確かめていただきたい、女がおるのです」

「ど、何処にでござる」

武藤は身を乗り出してきた。

「同道くださるか」

「もちろんです」

武藤は言うや腰を上げた。

勇む武藤を源之助は制し、

「但し、一つ、お約束を願いたいのです」

「何を、でござるか」

「たとえ、姫さまとわかっても声をかけることはなさらないでいただきたいのです」

武藤は理由がわからず、ぽかんとしていた。

「よろしいかな」

源之助が念押しするように言うと、

「それは、いかなる理由でござるか」

武藤がいぶかしむのは当然だ。

ここで話そうかとも思ったが、まずは美玖が大杉美玖かどうかの確認が先だと思い、

「まずは、先方へ行きましょう」

「はあ」

武藤は要領を得ぬようだ。

「ならば」

源之助が腰を上げた。

「あの……」

武藤は一転して不安そうな顔になった。

「どうされた」

「いや、その」

武藤は口ごもった。源之助の言ったことがそんなに気になるのだろうか。

「わたしの申し出、得心がいきませぬか」

「いや、そういうわけではないのですが」

「ならば、行きますぞ」

「はあ、実は」

武藤は苦悩している。

「いかがされた」

その様子が心にひっかかる。何か隠しているのだろうか。だが、それは源之助とて同じことである。

「いや、その娘を見てからお話し申し上げる。それでよろしいな」

「はい、かまいませぬ」

二人とも腹に一物《いちもつ》を抱きながら美玖の家に出向くこととなった。

三

二人はお互い、腹に一物を抱いているせいで八丁堀の組屋敷にやって来るまで、ぎこちない空気を醸《かも》し出しながらの道行きとなった。

が、木下屋敷が近づくにつれ、

「やはり、姫さまは町方同心の妻となっておられたのですか」

武藤は期待に声を弾ませた。

「そういうことですが、武藤殿、こちらへ」

源之助が武藤を木下屋敷とは道を隔てた屋敷の生垣に導いた。

「わたしが、こちらの女房を呼び出します。武藤殿はその女房の顔を確かめてください。よいですな、決して声をかけてはなりませんぞ」

やや強い調子で告げた。

「わかりました」

武藤の目が緊張を帯びた。

源之助は木下屋敷の木戸門を潜った。幸い、訪問するネタはある。京次の報告だ。あれを土産に訪ねれば美玖を失望させたり、不審がらせたりすることはあるまい。

「御免」

玄関先で声をかけるとすぐに美玖が現れた。但し、建物の中である。武藤からは見えまい。

「木下殿の一件につき、多少の進展がございましたので、報告にまいりました」

「それは、わざわざ、ありがとう存じます」

美玖は疑う素振りもなく源之助を奥へと導いた。

源之助は奥へ向かう途中、複雑な思いに駆られた。武藤の言ったことが気になる。

「今、お茶をお持ちします」

美玖の表情はわずかに明るい。きっと、大きな期待を寄せているに違いない。心持ち軽やかな足取りで居間を出て行った。

障子は開け放たれている。武藤からも美玖の様子は確認できるだろう。あいにくと風はそよとも吹かず、濃い緑からは蟬の鳴き声ばかりがかまびすしい。じっとしていても汗ばむ盛夏の日盛りだ。

やがて、美玖が戻って来た。

「下手人がわかったのですか」

美玖は座るなり聞いてきた。

「いや、そういうわけではござらん」

美玖は一瞬、失望の表情を浮かべたが、

「進展と申されますと」

と、再び期待を目に滲ませた。

「ご主人が桔梗屋で面談をしていた相手がわかりそうなのです」

「と、おっしゃいますと」

源之助は京次からもたらされた情報を開示し、それから導き出される待ち人は当日桔梗屋にいた可能性が高いという推理を披露した。

美玖は聞き終えると、

「主人は料理屋に滞在していた客に殺されたということでございましょうか」

「そう考えております。これから当日の客を調べるところでございます」

励ますような口ぶりとなった。

「何とぞ、よろしくお願い申し上げます」

美玖は両手をついた。

強張った表情がわずかに和んでいる。それを見るといささかほっとした。

「探索もいよいよ大詰めに入ります」

「ありがとう存じます」

「では、心丈夫に過ごされよ」

源之助は腰を上げ居間を出た。美玖が見送る。縁側に立ち、ちらりと視線を屋敷の外に向ける。武藤が素知らぬ風を装い通り過ぎて行くのを横目に玄関に向かった。

美玖を欺《あざむ》いているようで心が痛んだが、やむを得まい。玄関で美玖の挨拶を受け外に出た。目が痛くなるような日輪の照り返しだ。やんでいた風が吹き上がったのはいが、涼の代わりに土埃を運んできた。

絽の夏羽織に付いた埃を払いながら美玖が屋敷の中に入ったのを見届けた。武藤が小走りに近づいて来た。二人は用心のため近くの稲荷に入った。涼を求めて緑陰に入る。ほっと、ため息が漏れるほどの微風をうなじに感じた。

「どうでござった」

勇んで問いかけると、

「姿、形、姫さまだ。姫さまに瓜二つ」

武藤は呟くように言った。

「やはり、そうでしたか」

予想通りだったとはいえ、武藤という生き証人を得てみると、重苦しい気分に包まれた。武藤はさぞや喜んでいるかというと、案に相違して眉間に皺を刻んでいる。その沈痛な面持ちはいやでも気になる。

「いかがされたのですか」

「その、なんでござる」

　武藤は振り絞るような声を出した。

「どうされた」

「いや、先ほど御奉行所で申しかけたが、実はいささか込み入った事情があるのでござる」

「どういうことですか」

「蔵間殿」

　武藤は改まった顔をした。

　源之助は静かに言葉を待つ。

「実は、姫さまは双子でお生まれになったのです」

　源之助は武藤の言葉の意味を理解するために頭の中で反芻《はんすう》した。

　しばらく無言が続いたが、武藤は源之助の困惑ぶりを見て、

「双子は忌み嫌われるという伝承がございましょう。わが殿は御台所様御用人を務める身、双子を生み育てるということを殿は憚られ、双子のうちのお一人を」

と、ここで武藤は言葉を飲んだ。

　源之助は思わず、

「始末なさったのですか」

と、口に出してからあわてて口を両手で覆った。武藤はゆっくりと首を横に振り、

「いいえ、それはさすがに致しませんでした。養女に出したのでござる。出した先は大奥出入りの呉服問屋、そして、殿の奥さまのご実家」

「か、上総屋でございますか」

驚きで舌がもつれた。

「いかにも」

武藤の表情はこれまでにないほどの深刻さを帯びていた。

「そのこと、姫さまはご存じであったのですか」

「隠しようもござらなかった。それどころか、姫さまはお久美《くみ》、お久美というのが上総屋に養女に出した娘であったのですが、お久美と非常に気心が合い、実家に戻ると親しく遊んでおったとか」

思いもかけないことだった。美玖の素性はこれではっきりとすると思っていたのが、別の謎が生じてしまった。

木下美玖は大杉美玖なのか上総屋のお久美なのか。姿、形からは判断ができない。おまけに、美玖は記憶を失くしている。本人にもわからないだろう。

美玖が記憶を失くしたことを知らない武藤は当然のごとく、

「ですから、蔵間殿、直接姫さまに、あ、いや、先ほどお見かけした方が姫さまの方であれば、ですが、ご本人に確かめたいのでござる」

「そう思われるのはよくわかります。しかし、困ったことがあるのです」

最早《もはや》、美玖が記憶を失くしていることを隠し立てにはできない。

「どうされたのです」

「実は、先ほどの美玖殿は記憶を失くされておられるのです」

今度は武藤が沈黙した。すぐには理解できないようである。

「上総屋が火事になる前の記憶を失っておられるのです」

「そんな馬鹿な……」

武藤は悲痛に顔を歪めた。無理もない。希望が一瞬にして砕かれたのだ。

「信じられないでしょうが、事実でございます。ですから、本人に確かめようがないのでございます」

武藤はがっくりと膝をついた。

「まったく、信じられないような不運なことでございますな」

「それでは、一体、どうすればよいのでござる」

武藤は途方に暮れていた。

「ひょっとして、もう一人の美玖、もしくはお久美が生きておるかもしれませぬ。ですから、その者を探し出してその者の口から真実を確かめるということにしましょう」

「いいや、それでは、殿は」

武藤は大杉の病状を持ち出した。

「それは、そうでござろうが」

源之助も苦しげに面《おもて》を歪ませた。いかつい顔が際立ち、蝉も遠慮したのか束の間だが、鳴きやんだ。

武藤は唇を噛み、

「美玖と名乗っておられるからにはあの方は姫さまに決まっておる」

と、自らに言い聞かせるようにつぶやいた。

「いや、それは、いかにも早計。事が事であるだけにもそっと、慎重に運ばれてはいかがでしょう」

「本来なら、そうしたい。じゃが、殿のご病状を思うと……」

武藤はしばらく考えていたが、はたと顔を上げ、

「わしが直にお会いして、事の真偽を確かめれば。姫さまの幼き頃の思い出話などすれば、きっと記憶を呼びさまされることじゃろうて」

「いや、それはおやめなされ」

美玖との約束を違《たが》えるわけにはいかないし、第一、突然に武藤が現れて己が素性を語られたとしても驚きと戸惑いに襲われるだけであろう。

「時はないのじゃ。悠長に構えていられるものか」

武藤はそう言い捨てると稲荷を走り去った。

木下屋敷に向かうに違いない。

「やめなされ」

源之助の引き止めが通じるはずもない。必死の武藤は脇目も振らず、木下屋敷を目指し脱兎のごとく走って行く。まるでそれが合図であるかのように蝉の大合唱が始まった。

「武藤殿」

源之助の声は蝉の鳴き声に虚しくかき消された。

四

「御免」

武藤は木下屋敷の木戸門を潜った。すぐに返事が返され、美玖が姿を現した。武藤はたたきに座ると両手をつき、

「姫さま、お懐かしゅうございます」

と、大音声《だいおんじよう》で叫んだ。

美玖は案の定戸惑いの顔になり、

「あ、あの」

「姫さま、お見忘れでございますか。わたしです。武藤三太夫です。爺《じい》でございます」

武藤は声を張り上げた。

しかし、美玖は困ったような顔をするばかりで、

「あの、どちらさまでしょう」

「ですから、爺でございます。お見忘れとは情けなや」

武藤は両目に涙を溜めた。こんな努力も美玖には通じず答えに窮している。美玖は、源之助に気づき、救いを求めるような眼差しを向けてきた。

「美玖殿、これにはわけがある」

源之助は見て見ぬふりはできなかった。玄関に入り、武藤の肩を叩き、立つよう促してから美玖に視線を据えた。

「美玖殿、お話を聞いてはいただけまいか」

こうなった以上、美玖との約束を違えても事情を話さないわけにはいかない。でなければ、美玖も気持ちが静まらないだろう。

美玖は武藤の様子から事の重要さを察したのだろう。

「ここではお話はできません。どうぞ、お入りください」

と、源之助と武藤を導いた。武藤は袴についた砂を何度も払い、逸《はや》る気持ちを静めるように奥歯を嚙んだ。頰が赤らんでいるのは興奮冷めやらぬからであろう。

居間に入り、

「茶は不要でござる」

源之助が言うと武藤もうなずく。

「実はこの武藤殿は直参旗本大杉左兵衛さまの御用人であられる。大杉さまは大奥向きのお役目、御台所様御用人をお務めだ」

武藤は丁寧に頭を下げた。美玖も会釈をしたが、まだ表情が冴えないのは無理からぬことだ。

「昨日訪問の際にも申したのだが、大杉さまには一人姫さまがおられてな、三年前に行き方知れずとなったのだ。過日、美玖殿と木下殿が両国を歩いておられたのを大杉さまのお女中が見かけた。それで、大杉さまではそのお女中が見かけた美玖殿を探すことになった。それをわたしは引き受けたのだ」

「わたしがその姫さまなのですか」

美玖は小首を傾げた。

「そうです。まごうことなき、美玖姫さまであらせられますぞ」

武藤は言った。美玖は当惑の表情を変えず、

「そうなのでしょうか」

「そうですとも」

「しかし、蔵間さまにも申しましたように、正直申しましてわたしには全く覚えがないのでございます」

「ですが……」

「申し訳ございません」

美玖は頭を下げた。

「わたしが、神田明神にお連れしたことを覚えておられましょう。姫さまが五つの頃でした。それは、もう大変な人出でございました。姫さまは迷子になられたのですぞ。この爺めが必死で探したのでございます。そうしましたら姫さまは、神田明神の境内で売られている朝顔の縁台を夢中になってご覧になっておられました。爺めがお一つ買いましょうと申したら、姫さまは全部欲しい。縁台にある朝顔全部が欲しいのだと」

武藤は語るうちに万感胸に迫ってきたのだろう。瞼を腫らしている。美玖はそれでも当惑の表情を崩せないでいる。

「爺めを困らせましたぞ」

武藤はまるで酔っ払いの悪態のようになってきた。源之助が、「まあ、まあ」と宥めてもまるで聞く耳を持たない。

「全部買わなければ動かないと、その場に座り込んでしまわれる始末。わたしは途方に暮れ、とうとう、朝顔売りにあるだけの朝顔を屋敷まで大八車で届けさせたのです。それからです。毎年、朝顔の時節になりますと、当家は朝顔だらけになりました。今でもそうです。でも、姫さまが朝顔がお好きなのは殿さまがお好きと聞いてのことでございました。わたしは、それを知り、改めて姫さまのお心優しさにうたれました」

武藤は顔を上げた。視線の先に朝顔の鉢植えがあった。牡丹のような変化朝顔の鉢植えだ。

「やはり、姫さまは今でも朝顔をお好きのようだ」

言ったが、木下屋敷にある朝顔はその鉢の変化朝顔だけであった。

「まことに、申し訳ございませんが、わたしは覚えがないのでございます」

美玖は両手をついた。

「どうぞ、お考えくだされ。思い出してくだされ」

「でも……」

「さあ、この爺めの顔をようくご覧ください」

武藤はすがるように身を乗り出した。美玖は最早、持て余すように横を向いた。武藤は諦めがつかないのか、汗ばんだ顔をそむけようとはしない。それどころか、

「では、これからお屋敷に同道くだされ。お屋敷にいらっしゃれば、殿の枕元にいらっしゃれば、きっと、記憶は甦ります」

美玖はきつい目をして、

「困ります」

と、甲走った声を出した。

「申し訳ございません。ほんの、一日、いや、半日で済むことです。どうか」

「お断りします」

美玖は断固とした物言いだ。

「そこをなんとか」

武藤も必死である。

「ご勘弁ください。わたしは、南町奉行所同心木下順次郎の妻です。それ以外の者ではございません」

美玖は毅然と胸を張った。

「ですから、それ以前のことを申しておるのです」

武藤もただでは引っ込まない。

「できません」

困り果てた二人は源之助に視線を預けた。

「武藤殿、今日のところは帰られてはどうか」

武藤が抗《あらが》おうとするのを手で制し、

「美玖殿の身になってみれば晴天の霹靂《へきれき》でござる。気持ちの整理というものが必要ではないでしょうか。ましてや、ご主人にご不幸があって、やっと十日ほどが過ぎたばかりでござる」

源之助は美玖の立場を慮《おもんぱか》った。武藤は肩を落とし、

「ですが、殿のご病状が」

源之助はそれも引き受け美玖に向くと、

「大杉の殿さまは重い病を患われておられるのでござる」

すかさず武藤が、

「この夏を越せるかどうかなのです」

美玖は静かに、

「お話はよくわかりました。わたしがその姫さまであれば、よろしいのでしょうが、そういう確信もございません。それに、何度も申しますように、まだ気持ちの整理もついていないのです。今のわたしは木下順次郎の妻です。ですから、気持ちの整理がつくまで待っていただけませんでしょうか」

「そうまで申されるのならば、今日は諦めます。ですが、必ず、一度、当屋敷にお出で願えませんか」

美玖が返事に窮していると、

「美玖殿、どうであろう。木下殿の一件が落着すれば、一度、大杉さまのお屋敷に行かれたらよいのではござらんか」

「はあ、ですが」

美玖ははっきりとは返事をしなかった。武藤は名残惜しそうではあったが、これ以上説得しても美玖の心を動かすことは無理と諦めたのだろう。

「では、本日はこれにて失礼申す。本日は突然の訪問、まことに失礼致しました」

と、言い置くと居間を出た。

源之助も続く。すると、美玖がそっと源之助の羽織の袖を引き、

「どうすればよろしいのでしょう」

それは源之助を責めるような目だった。

「とにかく、わたしは木下殿の一件の探索を行います」

「くれぐれもお願い申し上げます」

「まこと、突然のことで驚かれたであろう」

「正直申しましてはなはだ困惑しております」

「無理からぬことですな。しかし、かりに武藤殿が申されるようにまことの美玖姫さ

まならば、どうされますか。わたしは、美玖殿が大杉さまのお屋敷にお戻りになられるのも一考と存ずるが」

「それは、どうでしょう」

美玖は目をしばたたいた。

「気は進みませんか」

「まだ、そこまで、考えが及びません」

「そうでしょうな。いや、失礼しました」

源之助は足早に玄関に向かった。美玖も見送りに来た。

「では、姫さま」

武藤はあくまでそう言うと立ったまま両の手を膝に置き上半身を直角に折るお辞儀をした。

美玖は無言で見送った。

蟬の鳴き声が一段とかまびすしかった。

第五章　不肖の息子

一

夕暮れ、屋敷に戻った。

居間には源太郎の姿がある。明朗に、

「お帰りなさいませ」

と、挨拶を送ってきた。緒方の話が脳裏をかすめ、昨晩のことと相まって説教をしようと思っていたのだが、そんな明るい態度に出られると機先を制せられたようで言い淀んでしまった。

「近頃はどうだ」

曖昧な問いかけしかできない。

「毎日、懸命に尽くしております」

源太郎は悪びれもせずに答えた。

「それは、そうであろうが」

一旦は口をつぐんだ。源太郎はすましたものだ。その乙《おつ》にすました表情がやけに鼻についた。

親の心、子知らず。

そんな言葉が思い浮かぶ。無性に腹が立つ。さすがに怒りを直截《ちょくせつ》に出しはせず、ぐっと飲み込むと、

「今日は酒を飲んでおらんようだな」

源太郎はまたもあっけらかんと、

「そうそう、毎日は飲みませんよ」

その答えがさらに癇《かん》に触る。

「ならば、いかなる時に飲むと申すのだ」

「それは……」

ここに至って源太郎は父の不機嫌さに気づいたようだ。問いかけの意図を自分に対する怒りと受け取ったのか、言葉少なく、さらには表情が曇った。

しかし、源之助からすればそれが息子の反抗と受け止められた。

「おかしな連中と一緒に飲んでおるのではないのか」

強い口調になった。

源太郎はぽかんとしたがすぐに、

「父上は何故そのようなことを申されるのですか」

「答えになっておらん。問いかけに答えたらどうだ」

「わたしは、決してやましいことをしておるのではございません」

「ほう、そうか」

「はい」

「胸を張ってそのこと申せるか」

「申せます」

源太郎は実際に背筋を伸ばし、胸を突き出した。

「では、もう一度訊く。妙な侍や浪人連中とつるんでおるのではないのか」

源太郎の口が塞がった。

「どうした、答えられぬではないか」

源太郎は二度、三度、首を横に振ると、

「そうでは、ございません。これには理由があるのです」

「その理由とは」

「今は申せません」

「何故だ」

「今は申せぬのです」

源太郎は唇を嚙んだ。

「やましいから申せぬのであろう」

「違います」

源太郎の目は微妙に揺れた。源之助の目には悲しみと怒り、困惑が複雑に交錯しているように映った。

「申せぬということは良からぬことをしておるからだ」

源之助は決め付けた。そうすることで、源太郎にきちんとした申し開きを期待した。

源太郎は拳を握り締めたまま何も語ろうとしない。それが抑えがたい不快感を募らせた。

「おまえ」

低くくぐもった声を漏らした。

そこへ、足音が近づく。久恵が心配してやって来たのだろう。正直、妻の気遣いがありがたく感じられた。

ところが、久恵は、

「お客さまです」

と、告げた。

源之助は源太郎から視線を外し、

「客人と」

「南町の木下さまのお内儀、美玖さまとおっしゃいましたよ」

「美玖殿が」

胸騒ぎがした。横目に映る源太郎は美玖の来訪を聞き、何故かそわそわとしている。父と言い争いの最中にやって来た女人に興味を覚えたのか。そんなことはあるまいと心に浮かんだ考えを打ち消した。

「すぐ、お通しせよ」

源之助は威儀を正した。源太郎は気を使ったのか居間から出た。息子との話し合いが中途半端になってしまい、わだかまりだけが胸にぼんやりと残った。だが、それを頭の片隅に追いやった。

美玖がやって来た。

「突然の訪問、畏れ入ります」

美玖は縁側で両手をついた。

「入られよ」

源之助は久恵に茶を淹れるよう告げた。美玖は遠慮がちに居間に入って来た。

「いかがされた」

源太郎との言い争いで苛立った気持ちを落ち着かせながら問いかける。

「怖いのです」

美玖は怯えた表情である。

「何が怖いのでござる」

「怪しげな連中が屋敷の周りをうろついているのです。まさか、八丁堀同心の屋敷に踏み込んで来るとは思えませんが、それでも」

「それは……」

言ってから源之助ははっと口をつぐんだ。武藤が我慢できず実力行使に及んだのではないか。

「ひょっとして、大杉さまの手の者、いや、と、いうより、武藤殿の手の者かもしれませんな」

「わたしもそれを恐れているのです」

美玖は益々怯えた表情となった。

「わかりました。この屋敷におられよ」

「ありがとうございます」

「遠慮することはない」

「ご迷惑をおかけします」

「迷惑と思われるな。わたしも乗りかかった船でござる」

源之助は美玖の気持ちを解《ほぐ》そうと笑みを浮かべた。だが、源之助は笑ったつもりでも、他人から見ればいかつい顔が歪んだだけだ。

「お願い申し上げます」

美玖は好意を素直に受けた。

「お食事まででしょう」

美玖は目を伏せた。夕陽が差し、濃い睫毛が微妙な影となって頬に落ちた。

源之助は縁側に出ると勝手に向かった。久恵がいた。

「食事を用意してくれ。美玖殿の分もだ」

「わかりました」

久恵は笑顔で答えた。

「それから、今晩はうちに泊まっていただく」

源之助はそれだけ言い置いて勝手を出ようとしたが、何かを思いついたように振り返り、

「迷惑をかけるな」

久恵は小さく首を横に振り、

「そんなことはございません」

「ならばよいのだが」

「それより、源太郎といさかいを起こしておられたようですが」

久恵は非難がましい言い方はしなかった。源之助と源太郎を気遣う姿があるばかりだ。

「しょうのない奴だ」

つい、むっとした言い方になった。が、久恵にこれ以上心配はかけられない。大したことではないと伝え静かにうなずいて見せた。

廊下を進み、居間に戻った。

いつの間にか源太郎がいた。源太郎は源之助と話していた時とは別人のような朗《ほが》らかさで美玖と語らっていたが、源之助を見るとばつが悪そうに口をへの字に閉ざし、軽く頭を下げ出て行った。

「なんだ、あいつは」

つい、不満を口に出すと、

「わたくしのことを気遣ってくだすったのですよ。誠実でお優しいご子息ですね」

「まだ半人前の身でござる」

「きっと、蔵間さまのようなご立派な同心になられますわ」

美玖の賞賛に尻がこそばゆくなったが源太郎のことには言及せず、

「今、食事を用意させましたのでな」

美玖は礼を述べた。

「お待ちどおさま」

久恵が食膳を運んで来た。まず、美玖の前に置く。

「さあ、遠慮なさるな」

「いただきます」

美玖は遠慮がちに箸を取る。今晩の食卓は冷奴に鯊《はぜ》の天麩羅だった。食事が進むにつれ、美玖の張り詰めた表情が和んでいった。源之助もそれを見ていると安堵した。食欲が湧いてきていつもの健啖ぶりを発揮した。美玖はふと、微笑みを見せた。

「いかがされた」

「失礼しました。主人も健啖家でした。お酒はめったに口にせず、蔵間さまのように黙々と食べてくれましたわ」

美玖は遠くを見るような目つきになった。

一刻も早く下手人を捕まえなければならないという使命感が湧き上がった。

ふと、源太郎が気になった。茶を淹れに来た久恵に、

「源太郎はどうした」

「呼んでまいります」

久恵は足早に出て行った。

「先ほども申しましたが、せがれは見習いをしておるのですが、なかなかどうして、うまくはいきません」

源之助は苦笑いを浮かべた。

「蔵間さまのご子息ならば、さぞや、生まじめなお方なのでしょう」

「いいえ、それが、どうも」

さすがに飲んだくれているとは言えなかった。久恵が戻って来た。

「どうした」

「それが」

久恵は耳元で源太郎がいないと囁いた。

二

「なんだと」

美玖の手前大きな声は出さなかったが胸の奥には源太郎に対する怒りと心配が交錯した。だが、今は取り乱すわけにはいかない。

「あの、何か問題が生じたのですか」

美玖が源之助の表情に危うきものを感じたようだ。

「いや、なんでもござらん」

努《つと》めて快活に答える。

「でも」

美玖はいぶかしんだままだ。

「心配には及びません。まったく、不出来な息子でしてな。どこかへ出かけたようです。困ったものだ」

源之助は自嘲気味な笑いを浮かべた。

「やはり、ご迷惑なのではないでしょうか」

美玖は伏し目がちになった。

「そんなことはござらん」

つい、強い口調になった。源太郎に対する腹立ちをぶつけてしまったようであわてて、

「いや、申し訳ござらん」

しばらく、無言で茶を啜った。ぎこちない空気が漂った。それから、

「では、休まれますかな」

源之助は久恵を呼び、寝床を整えさせた。美玖のために居間に蚊帳をしつらえた。

美玖は自分で寝床を整えた。

「ごゆるりとなされよ」

源之助は言うと寝間に向かった。

久恵が自分の寝巻を用意した。美玖は恐縮しながらもそれに着替え床についた。

源之助は寝間で目を閉じた。閉じても源太郎が帰って来ることを気にかけた。だが、一向にその気配はない。段々馬鹿馬鹿しくなった。

何度か寝返りを打つ。横に眠る久恵は既に寝息を立てていた。穏やかな寝顔を見ていると、久恵の意外な豪胆ぶりに驚いた。長年、連れ添ってきたというのに自分の知らない顔を持っていたようで、少なからず戸惑う。

ゆっくりと睡魔が押し寄せて来た。やがて、まどろんだ。

翌朝、小鳥の鳴き声と共に目が覚めた。大きく伸びをした。と、同時に廊下を慌しい足音が近づいて来た。

久恵は既に起きて朝餉の支度をしているはずだ。とすると、源太郎か。が、足音の主は久恵だった。

「美玖殿がおられません」

朝の挨拶もせずに久恵は言った。さすがに笑顔ではない。

眠気を払い、腰を上げた。久恵は一通の書付を差し出した。源之助は声に出して読み上げた。

「ありがとう存じます。ご恩は忘れません。しばらく、某所にて隠れております。勝手申しましてすみません。主人の一件、よろしくお願い申し上げます、か」

居間の布団はきちんと片付けられていたという。何者かにかどわかされたわけではないということだ。美玖は自分の意思でこの屋敷から出て行った。

「源太郎はどうした」

「戻っております」

「しょうがない奴め」

この際だ。きちんと話をしておかなければならない。素早く着替え居間に向かった。

既に源太郎が待っていた。

「お早うございます」

「お早うではあるまい」

不機嫌に告げると源太郎は黙りこくった。

「なんだ、その目は」

怒りをぶつけると、

「申し訳ございません」

意外にも源太郎は素直に詫びる。

「昨晩、どこへ行っておったのだ。またぞろ、酒を飲んでおったのか」

「いいえ」

源太郎は首を横に振った。

「では、どこへ行ったのだ」

「それは、申せません」

「なんだと」

「今は申すことできぬのです。昨晩も申しましたが」

「父親にも申せぬことか」

源太郎は頑《かたく》なに口を閉ざしたきりだ。

「困ったら、だんまりか。情けなき奴め」

つい、悪態をついてしまう。

「ともかく、今は申せぬのです」

源太郎は頭を下げると部屋を出た。

「待て」

言ったが、源太郎はそのまま慌しく表に出て行った。

「どうしたのです」

久恵が入って来た。

「知るか」

またも久恵にあたってしまった。

「早く、朝餉の支度をしろ」

久恵は黙って勝手に向かった。

膳が運ばれると不機嫌に飯を味噌汁で喉に流し、身支度を整えたところで、京次がやって来た。京次は庭先から縁側に顔を出した。

「朝早くからご苦労だな」

源之助は縁側に腰を下ろした。丁度、木陰になっている辺りで二人は向かい合った。源太郎に対する怒りを胸の中に仕舞ってから京次の報告を受けようと身構えた。

「桔梗屋にいた客がわかりました」

「でかした」

美玖に聞かせてやりたかった。

「当日は雷雨とあって、客は少なかったんですがね、その客というのは呉服問屋備中屋の主人為右衛門《ためえもん》と直参旗本兵頭正元さまの用人馬場主水《ばばもんど》さまであったということです」

きな臭いものを感じた。

「兵頭さまの用人か」

気になるのは大杉美玖の縁談相手が兵頭正元の息子ということだ。これは、偶然とは思えない。

「それで、早速、備中屋について聞き込みを行ったんですがね、備中屋は火事で焼けた上総屋の後、大奥御用達になったんですよ」

「そうか……」

源之助が顎を掻くと、

「匂いますよね」

京次も眉根を寄せた。

「なんだか、薄ぼんやりとした絵図が浮かんできたぞ」

源之助は逸る気持ちを諫《いさ》めた。

「落着は間近ですか」

源之助はふと、

「その、馬場という用人、あばた面ではなかったか」

「そこまでは確かめませんでした」

「まあ、いい」

「確かめますよ」

「おまえは、それより備中屋のことを調べてくれ」

「わかりました。旦那はどうされますか」

「おれは、馬場の顔を拝みに行く」

「兵頭さまのお屋敷に行かれるのですか」

「そうだ」

「気をつけてくださいね」

「ああ、抜かりはない」

事件の進展に源之助の心は弾んだ。源太郎への怒りが納まったわけではなく、美玖の身を案じてもいるが、やはり同心としての血が騒いでしまう。事件の突破口が見えてきたのだ。

ここは、何がなんでも一件を落着に導いてやる。

木下殺し、それから、おそらくその背景となっているであろう上総屋の火事、絶対に真相を突き止めてやる。

場合によっては直参旗本兵頭家を敵に回し、さらには南町奉行所の不備を白日の下に晒すことになってしまうかもしれない。

一介の町方同心。

しかも両御組姓名掛という閑職にある身で大それたこととそしられるだろう。だが、自分は正しいことを行う。真実を明らかにするだけだ。

「京次、腹減っておらんか」

「いえ、まあ」

京次の腹の虫が鳴った。

「それみろ、朝餉を食しておらんのだろう」

「実はお峰の奴とちょいとやらかしましてね。朝餉抜きなんですよ」

京次は頭を掻いた。

「なんだ、おまえ、また浮気をしたのか」

源之助はにんまりとすると、

「ち、違いますよ」

「何が違うだ」

「いえ、それがね、あっしが桔梗屋の女中を外に連れ出して、茶と菓子を食わせるのをお峰の奴、目にしやがって」

「おれの御用だと言えばよかったではないか」

「言ったんですよ。旦那とは言いませんでしたがね、御奉行所の御用だって、ちゃんと説明したんですがね、お峰の奴、頭に血を上らせて聞きやしませんや。それで、あっしもついかっとなりましてね。この暑いのに、うるせえって、そう言って飛び出してきてしまったんですよ」

京次は頭を掻いた。

「もてる男を旦那に持つと女房は大変だ」

源之助はおかしそうに笑った。

「冗談じゃありませんや。焼餅焼きの女房を持った男は大変だってことですよ」

源之助は久恵を呼び、京次のために朝餉を言いつけた。久恵はにこやかに応じた。

「まったく、旦那が羨ましいですよ。あんなできたお内儀さまをお持ちで」

「おれは、浮気の心配がないからな」

源之助は自分のいかつい顔を指差した。

三

源之助は番町にある兵頭正元の屋敷にやって来た。近江彦根藩井伊家の広大な上屋敷と桜田通りを隔てた向かいにある。門番に素性を打ち明け、馬場主水への取次ぎを申し出ることにした。ここは、強引にいこうと思ったのである。

「拙者、北町奉行所同心蔵間源之助と申す。呉服問屋備中屋為右衛門殿の紹介で馬場主水殿に面談にまいった。よろしく、お取次ぎ願いたい」

あまりの正々堂々とした物言いに門番は馬場と見知った仲と思ったのか疑いもせずに、潜り戸を開けた。

御殿があった。

その玄関に入り、使者の間に通されたのは大杉屋敷と同様である。ところが、今回はまったく見ず知らず、しかも、備中屋の名を勝手に使って入り込んだのである。

不遜とそしられるかもしれない。直ちに、出て行けと言われても仕方がないだろう。ことによると、北町奉行所に抗議があるかもしれない。

だが、その時はその時。

一旦、腹を括《くく》ると馬場との面談が待ち遠しくなった。

やがて、廊下を足音が近づき襖越しに咳が聞こえたと思うと、

「御免」

と、やや甲高い声がした。源之助は背筋を伸ばす。襖が開き入って来たのは、見事なあばた面だった。

「町方の同心殿とのことだが」

馬場はいぶかしそうに腰を下ろした。

「いかにも、北町の蔵間源之助でございます」

言うと馬場の眉はぴくぴくと動いた。やはり、この男だ。この男が自分を襲わせたに違いない。そのやましさが顔に出たのだろう。

「して、わしになんの御用ですかな」

馬場は扇子を使った。首筋にしきりと風を送っている。

「先月の二十五日、柳橋の料理屋桔梗屋にて会食をなさっておられましたな」

馬場は目を細めたものの返事をしない。

「おられましたな」

問いを重ねた。

馬場はおもむろに、

「あの料理屋は何度も足を運んでおるからな。二十五日と特定されても俄《にわ》かには返答できませんな」

「二十五日、雷雨の晩ですが」

念押しするように付け加えた。

「雷雨な」

馬場は横を向いた。しばらく扇子を動かしていたが源之助に向いて、

「よくは覚えておらん、行ったかもしれんし行かなかったかもしれん。それが、どうしたのだ。町方の役人がそんなことを訊きにまいったのか」

馬場は高圧的な物言いになった。

「実は同じ日、吾妻橋の袂から足を滑らせて大川に落ち、溺死した同心がございました。ご存じでございますね」

「さあて、そんなことあったかな」

馬場は薄笑いを浮かべた
「ご存じと思いましたがな。なにしろ、大した騒ぎとなったのです」

「そうなのかな。わしは、よく覚えておらんがな」

馬場は扇子を忙しく動かした。

「わたしがお訊きしたいのは、その同心南町の木下と申しますが、木下は溺死をする前、桔梗屋におったのです」

「ほう、そうなのか」

馬場は意に介さずといった風だ。

「木下は酒を飲まない男なのです。ところが、木下は桔梗屋の座敷で酒を飲んだ跡がありました。そして、客待ちをしていたにもかかわらず、その客がやって来なかったのです」

「何が言いたい」

馬場は眉根を寄せた。

「わたしは、木下はおそらく、桔梗屋にいた他の客と飲んだのだと考えたのです。それで、探索にあたりましたところ、当日、桔梗屋におられたのは馬場殿と備中屋殿のお二人とわかりました。それで、馬場殿をお訪ねしたというわけなのです」

馬場は耳をほじくり、

「そういうことか。ようやくのことで、訪問の理由はわかったが、さっきも申したようにその晩はわしは桔梗屋へは行っておらん」

「おや、先ほどは記憶にないと申されたのではなかったでしたか」

馬場は不機嫌に顔を歪め、

「ああ、そうだったかな。とにかく、覚えておらん」

「その点なら、間違いございません。当方にて備中屋殿にも確認したのです。そうしましたら、備中屋為右衛門殿から確かに桔梗屋には馬場殿と一緒にいた、と証言が取れております」

源之助は鎌をかけた。

馬場の頰はぴくぴくと動いた。

「どうでございましょう」

「よくは覚えておらんが、備中屋が申すのなら行ったということは確かなのだろう」

「では、もう一度お訊きします。木下とお話をされたのではございませんか」

源之助はわざと皮肉っぽく笑みを浮かべた。いかにもおまえのことは全部お見通しだといわんばかりである。馬場は、顔を真っ赤にし、

「な、何を証拠に」

と、色めき立った。

源之助はそれをいなすように、

「証はござらん」

と、いかつい顔を突き出した。

馬場は扇子をばたばたと動かし正体を失っていた。

源之助は首を捻り、

「はて、そんなお怒りになるようなことでしょうか」

「舐めた口を利きおってこの不浄役人めが」

源之助は一向に動じることなく、

「いかにも拙者、不浄役人。北町奉行所の同心でござる」

「一応は己の立場を心得ておるようじゃな」

馬場は脅しが効いたと思ったのかやや声の調子を落とした。

「町方の役人ゆえ、気になるのでござる」

「だから、証を示せと申しておろうが」

「ですから、証はございません」

「馬鹿なことを申すものじゃ。それでよく、このわしを疑うの」

源之助はここで眉をしかめいかにも心外だとばかりに、

「あの、拙者、馬場殿を疑っておるのではございませんぞ」

馬場は口をあんぐりとさせ、

「疑っておるではないか」

「いいえ」

源之助は自分の顔の前で右手を大きく横に振った。

「しかし」

言葉が続かない馬場に、

「拙者、馬場殿のお話を聞きたいのであって、疑っておるのではございません。偶々、同じ日の同時刻に同じ店で馬場殿と木下は食事をしておられたのです。ですから、ひょっとして、何かお気づきのことがあったら、と藁にもすがる思いで訪ねてまいった次第です」

源之助は努めて静かに問いかけた。馬場は不明を恥じるように、

「そういうことであれば、なるべく貴殿の役に立ちたいところではあるが、そうじゃのう。確かに、木下殿と思《おぼ》しき御仁が離れ座敷から厠に行かれる途中を目撃した。だが、すれ違っただけでお互い軽く会釈をしたにすぎん」

「と、いうことは、馬場殿は木下の面体《めんてい》をご存じだったのですか」

「いや、そうではない。身形じゃ。小袖を着流し、絽の夏羽織、なにより、小銀杏に

結った髷、まさしく八丁堀同心であった。先ほど、貴殿は、桔梗屋には木下殿と我らしか客はなかったと申された。よって、我らでなければ、その八丁堀同心が木下殿であることは、容易に察しがつくというものじゃ。違うかな」

馬場は、自分は安全圏に逃れたと思ったのだろう、先ほどまでの刺々しさはなりを潜めゆとりある態度である。

「なるほど、そういうことですか。離れ座敷には行かれていないのですね」

「あたりまえではないか。面識のない者の座敷になど行くはずがない」

「逆に呼んでもいないのですね」

「当然のことだ。なんなら、備中屋に訊いてもよいぞ」

馬場は笑みすら浮かべた。

源之助は困ったような顔をした。

「あいにくだが、今、申したことが全てだ」

「せめて、木下と一緒に酒を酌み交わした相手がわかればよかったのですがね。そうすれば、日頃酒を飲まない木下が酔っていた理由がはっきりする。つまり、木下が慣れぬ酒に酔って雷雨の中、大川に滑り落ち溺れ死んだ、と、得心がいくのですがね。残念です。また、一から探さなければなりません」

源之助は頭を掻いた。

「役には立てなかったが、せいぜい、調べが進捗《しんちょく》することを願っておる」

「痛み入ります」

源之助は言ってから、ぶつくさと独り言のように、「困った、困った」を連発した。

馬場は薄笑いを浮かべ腰を上げた。くるりと源之助に背中を向けたところで、

「ああ、ちょっと、一つだけよろしゅうござるか」

「なんでござる」

馬場は振り返った。

「一つ、気になることが」

「だから、なんでござる」

「先ほど、馬場殿は木下が離れ座敷にいたと申されましたが」

「それが、どうかしたのかな」

「どうして、ご存じだったのです」

「ええ？」

「いや、あの晩、桔梗屋の廊下ですれ違ったと申されたが、どうして木下が離れ座敷におったとご存じだったのかな、と思いまして。なにせ、桔梗屋にはいくつも座敷は

ありますからな。ましてや、我ら不浄役人が食事をするにしては過ぎたる離れ座敷でござる。言葉も交わしていないのに、よくおわかりになりましたね」

源之助は満面に笑みを浮かべた。馬場の視線が泳いだ。

「それは、何かの拍子に聞いたのだろう。そう、女中どもが話しておったのを偶々耳にしたのかもしれん」

馬場の口調はやけに早く、明らかに狼狽の色が浮かんでいた。

「なるほど」

「ま、いずれにしても、細かいことまでは覚えておらん」

馬場はそれっきり口をつぐみ、足早に部屋を立ち去った。

「ふん、語るに落ちる、とはこのことだな」

源之助はほくそ笑んだ。

馬場と木下が接触したことは間違いない。備中屋為右衛門も同席しただろう。

すると、三人は何を話したのか。

きっと、木下が探索していたこと、すなわち上総屋の火事についてに違いない。

四

奉行所に出仕した。

源太郎のことが気になったが、顔を合わさずにおいた。今は木下殺しに神経を集中したい。蔵の引き戸を開けると京次がいた。

「おお、来ておったか」

馬場の関与が摑めたことで源之助の機嫌はいい。だが、京次の顔は曇っていた。

「どうした」

気になり声をかけると、

「音吉が殺されました」

「なんだと」

あまりのことに頭が混乱した。

「植木職人の音吉が殺されたんです」

ここで、音吉が死んだことが理解でき胸がえぐられた。

肩の力が抜けていく。

「昨日の夕暮れ、朝顔市から家に帰る途中のようです。巾着がなくなっていることから、物盗りの犯行だろうということです。今、新之助さまが探索に当たっておられますよ」

言葉が出てこない。

「悪い時には悪いことが重なるもんですね」

京次もがっくりとうなだれた。

「まったくだな。これからというのにな」

一人残された女房のことが瞼に浮かんだ。顔に火傷を負いながらも夫を助けるけなげな女、名は確かお紗枝だったか。

「行くぞ」

朝顔市のことが気になった。主のいない朝顔市はどうなっているのだろう。

それに、六兵衛に借りた借財五両。自分が保証人になっているのだ。

「ま、それはよいか」

もちろん、久恵には言っていない。五両といえば、大金だ。簡単に工面《くめん》できるとは思えない。

しかし……。

今はそんなことよりお紗枝のことが気がかりだ。

「ともかく、出かける」

源之助は朝顔市に向かうことにした。

「ちょっと、待ってください」

京次に引き止められた。

「備中屋のことですよ」

「おお、そうだったな」

あまりの出来事にうっかりしていた。京次は改まり、

「備中屋為右衛門はご直参旗本兵藤さまのお屋敷に出入りしております。用人馬場さまとは昵懇《じっこん》の間柄だそうです」

「やはりな」

「それで、三年前、上総屋が火事で消失すると、上総屋に代わって大奥出入りとなったのです。為右衛門は立志伝中の人物でしてね、なんと、上総屋で丁稚奉公をし、手代まで務めた後、独立をしたそうです」

「暖簾分けを受けたのか」

「いいえ、そうでもないようなんですよ」

京次はかぶりを振った。

「同業者に聞き込んできたんですがね、為右衛門は上総屋にいた頃から、独立を目論《もくろ》んで、上総屋の得意先を片っ端から回り、自分の得意先にする商いをしていたそうで。それが、ある日、上総屋の主人に見つかって、事実上、首になったってことなんです」

「ほう、かなり、強引な男なのだな、上総屋を辞《や》めたのはいつだ」

「文化四年の正月」

「上総屋の火事があったのが、その年の五月。臭うな」

「いかにも。おまけに、為右衛門は辞める直前の大晦日、上総屋の得意先の掛取りを行っているんですがね、その掛の一部が行方知れずになっているんですよ」

「猫ばばしたのか」

「はっきりとはわからないそうなんですが、次の掛取りに備えて上総屋が得意先の掛の整理をしているうちに不明な点が出てきたようで。で、その矢先に火事が起きたと」

「こら、益々、怪しいな」

「で、上総屋が火事でなくなってみると、困る得意先や呉服の仕立てに携わる職人たちも多勢いたわけでして、それらを為右衛門が吸収していったんですよ」

「それで、大奥の出入りもか」

「大奥へは兵頭さまの口利きが物を言ったようなんですがね」

「そういうことか」

「きっと、為右衛門が大きく関わっているんですよ」

京次は目をしばたたいた。

「関わっているどころか、下手人なのではないか」

「あっしもそう思います」

京次も大きくうなずいた。

「木下はその絵図に気づいたんだな」

「それで、口封じされたってことですね」

「間違いなかろう」

「これから、どうします」

「このままにはできん。緒方殿に掛け合い、備中屋を捕縛する。あるいは、南町と敵対することになるかもしれんが、そんなことで放ってはおけん。上総屋の家族、奉公人の霊は成仏できないでいるんだ。もちろん、木下の霊もな」

「そうですとも」

「ならば」

源之助は蔵を出て詰所に向かった。相変わらずの強い日差しが降り注ぎ、辺りは白っぽくなっている。

京次と一緒に詰所を覗くと緒方の姿はなかった。町廻りに出かけているという。牧村新之助は音吉殺しの現場だ。

「とりあえず、朝顔市に出向いてくるか」

「あっしも、お供しますよ」

「すまんな」

「何をおっしゃるんですよ、むしろ、嬉しいですよ」

「何故だ」

「久しぶりに旦那と市中を歩けるんですからね」

「ま、頼りにならんがな」

源之助は足早に浅草に向かった。

第六章　朝顔を守る

一

源之助と京次は浅草の朝顔市会場にやって来た。今日も晴天に恵まれたとあって、大勢の人間で賑わっている。

二人は人混みをかき分け、音吉の小屋に向かった。おそらく、誰もいないだろう。菰が掛けられ、店は閉じられているに違いない。音吉は市の終幕を見ることなく、無念の生涯を終えたのだ。

雑踏の中から、

「おい、知ってるか。この朝顔市に出店していた植木職人、殺されたんだってよ」

「ああ、浅草田圃《たんぼ》でばっさりだってな」

「どんな、朝顔を栽培してたんだろうな」

「見に行ってみるか」

野次馬たちの無責任をいちいち責める気はしないが音吉の無念を思えば、やり切れない。源之助と京次は感情を押し殺し野次馬たちと一緒に音吉の小屋にやって来た。

「ああ！」

京次が驚きの声を漏らした。

音吉の小屋は閉じられているどころか、大変な賑わいを見せている。物見高い連中が野次馬根性で集まって来たのかと思ったが、それにしては華やいだ空気が漂っている。どうしたものかと、

「ちょいと、御免よ」

京次が人混みをかき分けた。人垣が開き、女の姿が見えた。お紗枝だった。紫の頭巾で顔を覆い、かいがいしく客の相手をしている。

「あの女」

京次が源之助を振り返ると、

「音吉の女房、お紗枝だ」

京次は無言でお紗枝に視線を凝らした。紫の頭巾が気になっているに違いない。

「顔に火傷を負ってな、気の毒なことだ」

源之助が言うと京次も口の中で、「気の毒に」と呟いた。

二人はしばらく、様子を見ていた。物見高い連中の好奇の目にさらされているにもかかわらず、お紗枝は明るい声で堂々と応対している。

当初は面白半分にやって来た連中もお紗枝のかいがいしい接客ぶり、音吉が栽培した朝顔の見事さに心を奪われていくようだ。次第に好奇の目から感嘆の表情に変わっていくのがわかった。

「見事なもんですね」

「そうだろう」

源之助も心の底から言い添える。

客が途切れたところで、京次が店の中に足を踏み入れた。

「いらっしゃいまし」

お紗枝は源之助に気づき、

「これは、蔵間の旦那」

と、深々と腰を折った。

源之助はいかつい顔を懸命に和ませると、

「こいつは、以前、わたしが使っていた岡っ引で京次というんだ」

京次はぺこりと頭を下げた。

「音吉、気の毒なことをしたな」

源之助が切り出すと、

「お悔やみ申します」

京次も丁寧に言い添える。瞬時にしてお紗枝の目が潤んだ。今まで、気が張っていたのだろう。場所柄を考えずに悔やみの言葉を述べ、気丈に接客をしていたお紗枝の努力を無にしたようで自分の迂闊さを悔いた。

だが、一旦、音吉の死を話題にした以上ここでやめるのも不自然だ。

「昨晩の今日にもかかわらず、おまえが店を守るのか」

「昨日はどうしていいかわからなかったんです」

お紗枝は訥々《とつとつ》と語り出した。

昨晩、音吉が浅草田圃で殺されたと聞き、現場に駆けつけた。信じられなかった。

「音吉の亡骸は田圃脇の竹藪の中に横たわっておりました。胸を一突きにされていました。わたし、しばらく、声も出ませんでした。涙も流れませんでした」

今になって昨晩の状況が甦ったか、お紗枝はこの暑さの中、小刻みに身を震わせた。

「お役人さまから色々と尋ねられ、無意識のうちに答えを繰り返すうちに、悲しみと下手人に対する怒りがこみ上げました」

お紗枝は狂ったように役人に向かって下手人は誰だと喚《わめ》きたてたという。

その役人は新之助だろう。新之助の困り果てた顔が目に浮かぶ。

「お役人さまは、必ず、下手人をお縄にする。おまえは、音吉が成仏するよう祈っておれ、と申されました。とても、やさしいお役人さまでした。お役人さまにいたわりの言葉をかけられ、ようやくのことで気を落ち着かせますと、音吉の亡骸と一緒に家に戻ったんです」

家に戻ってからもお紗枝は音吉の亡骸を前に、途方に暮れしばらく泣いていたという。

「無理もねえや」

京次はうつむいた。

「そのうち、知らず、知らずのうちにあの人に語りかけていました。わたしはどうすればいいのでしょうって」

お紗枝はこみ上げる悲しみを抑えることができず嗚咽《おえつ》を漏らした。源之助も京次もお紗枝が落ち着きを取り戻すまで声をかけなかった。しばらくしてお紗枝は顔を上げ、

「あの人、朝顔を放っておくな。ちゃんと、最後まで面倒を見ろって、そう言ったんです。もちろん、亡骸が口を利くはずはありませんわ。でも、わたしにはそう聞こえたんです。そう、心の声がしたんです」

「きっと、音吉さんはそうおっしゃったんですよ。そうに違いありませんや。ねえ、旦那」

源之助に向いた京次の目は真っ赤に腫れていた。源之助も深くうなずき、

「それで、朝顔市を切り盛りしているんだな」

「はい」

「あんた、偉いよ」

京次はすっかり感心していた。源之助は冷静になり、

「音吉が殺されたのは浅草田圃だということだった。住まいは浅草駒形町だったな。どうして、浅草田圃なんかに行ったんだ」

「あの人は、市が終わってからも朝顔を売り歩いておりました。その途中であったと思います」

「商い熱心が仇《あだ》となったのか」

源之助が唇を噛んだところで客たちが店に入って来た。

「商いの邪魔をしてはいかんな」

源之助は朝顔の鉢植えを一つ買い求めた。京次も買い、二人は外に出た。

「気丈な女房ですね」

「実にしっかりしたものだ」

「あの女房、朝顔市をやり切りますよ」

「そうだとも」

源之助はらっぱ状に花を広げた朝顔に見入った。惚れ惚れするような真っ白な輝きを放っている。京次もうっとりと眺めた。

「おかみさんのためにも下手人は意地でも挙げないといけやせんね」

「木下殺しの探索は一応の目途がついた。おまえは、新之助の下で音吉殺しの探索をするんだ」

「合点です」

「もっとも、既に新之助が下手人を挙げているかもしれんがな」

源之助が言ったところで、俄《にわ》かに甲走った声がした。声の方に向くと音吉の小屋である。京次は源之助に目をやるなり、駆け出した。むろん、源之助も後を追う。

店に群がった客たちの間に風体が乱れた見るからにやくざ者といった連中がいる。

先日、借財の取り立てにやって来た寅蔵と手下だ。寅蔵は縁台をぶちまけ、お紗枝に向かって、

「音吉はどうした。どこへ行ったんだ」

「あなた方、先日いらした人たちですね」

お紗枝は気丈に返した。

「うるせえ、てめえ、音吉の女房だろ」

「人に物を尋ねる時は自分からなさい」

寅蔵は鉢植えの一つを持ち上げた。

「あの人の育てた朝顔に乱暴しないでください。気がすむのならわたしをぶってください」

「なにを、生意気な。大体、客を相手に被り物なんかしているんじゃねえ」

寅蔵はお紗枝の頭巾に手をかけた。京次が寅蔵の手を摑んだが遅かった。頭巾はお紗枝の顔から真っ白な朝顔の上にふわりと落ちた。源之助はどきりとした。胸の鼓動が高鳴った。

両手でお紗枝は顔を覆った。しかし、一瞬ではあるがお紗枝の面体《めんてい》がはっきりと目に映った。音吉が言ったように右の頰が火傷でただれていた。

だが、そんなことに源之助の目が引かれたわけではない。源之助が激しく動揺したのは、お紗枝の顔そのものだ。

木下美玖と瓜二つなのだ。

お紗枝こそが大杉美玖、あるいは上総屋のお久美ではないのか。

どっちだ……。

そうだ。音吉は上総屋の娘は朝顔好きだったと言っていた。すると、お久美ということなのだろう。頬の火傷は上総屋の火事の際に負ったに違いない。

源之助の衝撃などおかまいなく、

「てめえ」

寅蔵の怒号がした。

野次馬が遠巻きに眺めた。

「待て！」

源之助は我に返り、怒りを爆発させた。

手下が振り返る。源之助を見て八丁堀同心と気づいたが、勢いは止まらない。それに源之助自身がこの連中を懲らしめたいという欲求をどうすることもできなかった。

大刀を抜くと峰を返し、手下に向かった。手下二人はそれを見ただけで浮き足立ち悲鳴を漏らした。

源之助はそれで許すはずもなく容赦なく峰打ちを食らわせる。手下たちはうめき声を上げながら地面をのたくった。

京次が寅蔵の右手を摑んで、店の外に引きずり出して来た。

「おまえ、懲《こ》りないな」

源之助が呆れたように言うと、

「旦那もよっぽどお暇なんですね。昼の日中っから今日も朝顔見物とは」

寅蔵は強がりに皮肉を込めた。

「また、六兵衛に頼まれたのか」

「違いますよ」

寅蔵はおとなしくなった。

「嘘をつけ」

京次が寅蔵の腕をねじり上げた。

「い、痛えですよ」

寅蔵は顔を歪ませる。

「六兵衛とは話がついたんだ。これは、約束違反だな。よし、一緒に六兵衛の所へ行くぞ」

「それは、勘弁してくださいよ」

「勘弁できんな」

源之助は京次に自分が戻るまでここでお紗枝のことを見守るよう言いつけた。

「なら、行くぞ」

源之助は寅蔵をねめつけた。

寅蔵は渋々従った。

二

六兵衛の店にやって来た。

相変わらずの陰気な雰囲気が漂っている。いや、すさんだ風と言った方がよいか。埃を舞わせた店先に立つと、寅蔵に目配せした。寅蔵は中に入るのを躊躇っている。

それを、

「行け」

と、寅蔵の背中を勢い良く押した。寅蔵はつんのめりながら暖簾を潜った。じきに、

「馬鹿野郎、店に顔を出すなって言ったろ」

六兵衛の怒声が返される。

寅蔵がしどろもどろになりながら言い訳めいた言葉を並べ出したところで、

「御免」

と、源之助も暖簾を潜った。六兵衛はくわえていた煙管を口から離し、

「これは、旦那、早速、五両の返済に来てくだすったのですかい」

皮肉めいた笑みを投げかけてくる。

源之助はずかずかと店に上がり、六兵衛の前に座った。

「おまえ、この寅蔵を使って音吉の店に嫌がらせをしたな」

「何をおっしゃいます。そんなことしやしませんよ」

六兵衛は鼻で笑った。源之助は寅蔵の襟首を摑んで、

「おまえらがやったこと、ここで旦那に申し上げな」

寅蔵が口を開く前に、

「寅蔵、おめえ、余計なことをしたのか」

六兵衛は睨んだ。寅蔵は両手をつき、

「も、申し訳ございません」

「蔵間さま、何があったか存じませんが、あたしは一切、関わりねえんですよ。なあ、寅蔵」

　寅蔵は何度も頭を下げると、

「今日のことはあっしが勝手に仕出かしたことでさあ」

　寅蔵と六兵衛の顔つきから嘘ではないようだ。

「なんでそんなことをしたんだ」

「それは、音吉の奴に舐《な》められちゃいけねえと思ったからです」

　言っている意味がわからない。説明せよと目で促す。

「昨日の夕暮れのこってした。浅草田圃であいつを見かけたんで、声をかけたんです。いえ、なに、こっちは、挨拶のつもりですよ。旦那の借財、きちんと、返せって、そう、念押ししようと思っただけなんです」

「それで」

「そうしたら、音吉の奴、あっしのこと、しかとしやがった。見向きもしねえで、足早に行ってしまいやがったんです」

「おまえとは関わりたくないと思ったんだろうさ」

「そりゃ、そうかもしれませんがね、でも、これまでだったら、きちんと挨拶くらいしたんですよ。で、あっしは、こいつは、八丁堀の旦那が後ろ盾になってくだすったことを鼻にかけやがってるな、そう思いましてね、こら、舐められちゃいけねえ。ちょっとだけ、脅してやれって、朝顔市にやって来たんでさあ。そうしたら、音吉の奴、どこかへ姿を消してやがって、女房に店番をさせている。で、大方《おおかた》、あっしらが仕返しにやって来るって思って逃げ出したに違えねえって思いましてね。そうなると、無性に腹が立ったってわけでして」

寅蔵は堰《せき》を切ったように語った。

「おまえ、音吉が殺されたこと、知らぬのか」

源之助は眉根を寄せた。

「ええ、音吉の奴、殺された……」

寅蔵は目を大きく見開いた。

そう言えば、「音吉、どこだ」と寅蔵は喚《わめ》いていた。寅蔵は本当に音吉が殺されたことを知らなかったのだろう。すると、六兵衛が苦々しい顔で、

「まったく、大した馬鹿だよ、おめえは。取り立て相手が殺されたことも知らねえとはな。そんなこったから、役に立たねえんだよ」

と、煙管の雁首を火鉢に叩きつけた。

「す、すんません」

寅蔵は恐縮するばかりだ。そのしょぼくれた姿は真実を語っていると思って間違いないだろう。

「話はわかった。もう、帰っていいぞ」

源之助は言った。

「旦那、ほんと、申し訳ねえこって」

寅蔵は六兵衛に何度も頭を下げたが、六兵衛は横を向いたままだ。源之助が、

「もう、二度と嫌がらせをするんじゃないぞ。亭主に死なれた女房が一人、亭主の想いを継いで懸命にやっているんだ。男を売るおまえならその気持ち、わからないはずはあるまい」

寅蔵は小さくなって、

「へい、あっしだって、血も涙もありまさあ。もう二度と嫌がらせなんかしません」

ぺこりと頭を下げ、思いつめたような顔で店を出て行った。

「今回はわたしの早合点のようだった。それは詫びる」

源之助は軽く頭を下げた。

「いや、そんなことはかまいませんや。それより、大丈夫でしょうね」

六兵衛は意地の悪そうな顔になった。借財五両のことが気になるようだ。

「ああ、大丈夫だ」

源之助は六兵衛を跳ね返すように胸を張った。

「ま、保証人の蔵間さまがおっしゃるんだから間違いないとは思いますがね」

六兵衛は笑い声を上げた。

「ああ、間違いない」

源之助は言葉を重ねた。

「あたしは、あくまで蔵間さまを信じていますから。北町奉行所同心の蔵間源之助さまをね」

「そうか」

「どうです、本当のところ」

六兵衛は探るような目だ。

「音吉の店は間違いなく朝顔市で一等賞を取る」

「しかしねえ、そうしたものは水物ですからね。あてにすると痛い目を見ますよ」

六兵衛はせせら笑いをした。

「そんなことはない」

「そうでしょうかねえ。思いもかけない出来事が起きたりするもんですよ」

「なんだと」

「そんな怖い顔なさらないでくださいよ。現に音吉は殺されてしまいましたからね」

「…………」

要するに六兵衛は源之助に五両の支払いを間違いなくせよと釘を刺しているのだ。

「わかっておる。わたしは保証人になったのだ。万が一、お紗枝が払えない場合は、五両は責任を持ってわたしが払う」

六兵衛はまたしても気味の悪い笑い声を上げた。耳障りなことこの上ない笑い声だが、ここで怒ったところで、どうにもならない。六兵衛が笑うに任せた。ひとしきり笑い終えると、

「わかっていらっしゃらない」

六兵衛は真顔になった。

「わかっておる」

「いや、わかっておられません」

六兵衛は表情を消した。品のない金貸しから、薄気味の悪い高利貸しに変貌して見

えた。

「どうした」

静かに問う。

「蔵間さま、証文を頂きましたね」

「いかにも。わたしが音吉の保証人となり、音吉が払えぬ場合はわたしが音吉の借財を背負うということだ」

「そうです。すると、どういうことになりますか」

六兵衛は相変わらず無表情を続けた。じりじりと汗ばんできた。背筋に嫌な脂っぽい汗が流れる。

「音吉が死んだ今、借財は既にわたしが背負っているということか」

「ようやく、おわかりになりましたな」

六兵衛はねちっこい目をした。

「そういうことか」

五両の借財が現実となった。

「ですから、蔵間さま、今月の晦日《みそか》までに五両、きっちりとご返済くださいますよう、よろしくお願い申し上げます」

六兵衛は頭を下げた。慇懃無礼を絵に描いたようだ。恐喝されるより、恐怖と怒りを感じた。だが、どうしようもない。証文は六兵衛の正しさを物語るのだ。

音吉の保証人になったことを悔いはしない。

音吉の朝顔に対する情熱に自分は打たれたのだ。男として一旦、心に決めたことを今更悔いてどうなるものか。

「わかった」

そう言って腰を上げた。

六兵衛はねちっこい物言いで、

「もし、返せない時は」

その言い方に腹が立ち、

「返す」

そう遮って店を横切り、暖簾を潜った。

「もしもの話です」

六兵衛は追いかけて来て耳元に口を寄せた。むっと睨み返すと、

「五両、お返しいただく代わりに、多少の便宜を図ってくだすってもいいのですよ」

「なんだと」

「お手入れの情報などをちょいとこの耳元で囁いてくだされば」

「つまり、適正な金利で商いを行っておるか、手入れが入る際の情報を耳打ちせよと言いたいのだな」

「そういうこって」

六兵衛は両手を揉んだ。

源之助は大きく息を吸い込むと、

「断る！」

六兵衛の耳元で怒鳴った。六兵衛は顔をしかめ、

「冗談ですよ。ちゃんと、期日通り返してくださいね」

と、不機嫌になって帳場机に向かった。

三

朝顔市に戻った。

お紗枝は元気一杯に朝顔の鉢植えを売っている。横で京次も声を張り上げていた。

しばらく、様子を眺めることにした。

店はうまい具合に切り盛りされ、他の小屋よりも明らかに賑わっている。ひとまずは、安心だ。

　すると背中で、

「こりゃあ、旦那」

と、女の声がした。振り返るとお峰である。

「なんです、朝顔なんかに興味をお持ちなんですか」

お峰はからかいとも冗談ともつかない物言いだ。

「まあ、居眠り番なのでな、暇つぶしに色々と見て歩いているのだ。おまえは、どうしたのだ」

「暑苦しい日が続きますからね。朝顔でも買って帰れば、多少は涼しくなるだろうと思いましてね。ほら、旦那がうちにいらした時さかんに誉めておいででしたでしょ。音吉さんとおっしゃる方の朝顔が見事だって。旦那がそうおっしゃるんなら是非見なきゃって来てみたんです。それに、うちの人と派手にやらかしちゃいましたんでね」

　お峰は京次との夫婦喧嘩を恥じるようにうつむいた。どうやら、京次には気づいていないようだ。

　――いかん――

お峰がお紗枝を手伝っている京次を見たら、きっと焼餅を焼くだろう。焼餅から夫婦喧嘩に発展することは火を見るより明らかだ。

「そう言えば、向こうに評判の朝顔があるぞ」

源之助はお峰を反対方向に導こうとした。お峰は、

「でも、音吉さんの朝顔……」

「向こうのも枝ぶりのよい朝顔だ」

「朝顔に枝ぶりは関係ないと思いますけど」

「とにかく、評判なのだ」

お峰の袖を引いたが、

「それより、あそこ、馬鹿に客が押し寄せていますよ」

お峰はお紗枝の店に興味を持ったようだ。

「いや、あそこは、大したことはなかったぞ。それより……」

注意をそらそうとしたがお峰は聞かず、店に向かって歩き出した。

「おい、こっちだ」

源之助は追いかけたがお峰の注意はお紗枝の店の朝顔に向けられた。

「まあ、きれい。これがいいわ」

お峰はその中かららっぱ状に白い花を咲かせた朝顔の鉢植えを取り上げた。奥に行こうとしたので、

「よし、わたしが買ってやろう。向こうで待っておれ」

お峰はくすりと笑い、

「結構ですよ。旦那、気を遣わないでください」

言うと奥に向かって、「これくださいな」と声を放った。人混みが割れ、

「ありがとうございます」

威勢のいい声と共に京次が現れた。源之助はまずいと横を向いた。お峰は鉢植えを持ったまま、

「あんた」

と、固まってしまった。次いで、視線をお紗枝に移した。京次も驚き、

「違う、違う」

大きく右手を横に振った。しかし、それでお峰があっさりと引っ込むわけもなく、

「こんな所で何をやっているのさ」

たちまちにして目くじらを立てた。

「いや、だから」

京次はお峰の袖を引き、表に連れ出した。京次がいなくなったことで、お紗枝は俄かに忙しくなった。見かねて源之助は羽織を脱ぎ、接客を始めた。

「蔵間さま、そんなこと……」

お紗枝は遠慮したが、

「かまわん、かまわん」

源之助は気にする素振りも見せず、朝顔の鉢植えを持ち上げ、

「江戸一、いや、日本一の朝顔だ。買った、買った」

と、声を張り上げた。いかつい顔の武士が可憐な朝顔を商う姿は滑稽だったが、しばらくして、それはそれで風景に馴染み、いつしか客は鉢植えを買い求めた。お紗枝は笑みをこぼした。

「さあ、買った、買った」

しばらくやっているうちに、京次とお峰が戻って来た。二人の顔は和んでいる。夫婦喧嘩は犬も食わぬというが、お峰はつい今しがたまで頭から角を出していたとは思えないにこやかさだ。

「旦那、あたしがやりますよ。お紗枝さん、かかあです。こいつも手伝わせますんで」

お峰もお紗枝に、

「手伝わしてくださいな」

お紗枝はお峰の屈託のない笑顔を見て安心したのか、好意を受け入れた。京次は源之助の耳元で、

「すんませんでした」

「大丈夫か」

「ええ、もう、すっかり」

京次はばつが悪そうにうつむいたが、それを払い除けるように、

「さあさあ、日本一の朝顔だ」

と、景気のいい売り声を発した。源之助はお紗枝が生き生きとしていることに喜びを感じた。

店を抜け、表に出た。

と、喧騒の中に寅蔵と子分たちがいる。

「懲りない奴らだ」

源之助は寅蔵に近づいた。いきなり、襟首を摑んで引きずり、

「おまえ、いい加減にしろ」

「ち、違うんですよ、旦那」

寅蔵は目を白黒させた。

「何が違う、だ」

「ですから、嫌がらせにやって来たんじゃねえんですよ」

子分たちも神妙な顔で控えていた。満更、出鱈目《でたらめ》ではなささうだ。

「じゃ、何しにやって来た」

「いや、その、あっしらみてえな、ごろつきが音吉の店に悪さをしねえか、見張っているんですよ」

寅蔵はまじめな顔である。

「ほう、おまえがか」

「信じてくださいよ」

「改心したのか」

「ええ、まあ」

寅蔵は肩をすくめた。子分たちも頭を下げる。

「感心なことだと言いたいが、どうした料簡なんだ」

「信じていただけねえのは仕方ありません。でも、今回ばっかりは本当に心を改めたんです」

源之助は黙って話の先を促した。

「あっしは、男を売る、なんていきまいていましたが、やってることは金貸しの手先になって、貧乏人や弱い者を苛めているにすぎません。今回も音吉やおかみさんの苦労も知らねえで……。おかみさんは亭主が殺されたっていうのに懸命に朝顔を売っているってえのに」

寅蔵は目に薄っすらと涙を浮かべた。

「やっとわかったのか」

「旦那に拳骨を食らったのと、あのおかみさんの態度にまいりました」

「そうなのか」

「おかみさん、あっしらが嫌がらせをした時、朝顔の鉢に手をかけたら、なんて言ったと思います」

源之助は目で先を促す。

「おかみさん、あの人の朝顔に手をつけるのなら、わたしをぶってください、って。あっしは、思わず、ぎょっとなって、その、うまく言えねえんですが、胸を突かれたと言いやすか、どきっとしたと言いやすか、おれはなんてことをしたんだって、自分がひどく惨めになりました。とっても、情けねえ男に思えてしまったんです。旦那に六兵衛の所へ連れて行かれ、音吉が殺されたって聞き、おかみさんになんてことをしたんだって、あれから自分を責めてました」

寅蔵はつかえ、つかえだが、気持ちの籠った言葉で語り終えた。

「まこと、そういう気持ちになったとすれば、おまえもちっとは成長したな」

「そうですかね、気がつくのが遅いですけど」

寅蔵は照れ笑いを浮かべた。

「あっしら、大したことはできませんが、とにかく弱い者の味方になりますよ、なあ、おめえら」

子分たちも大きくうなずく。

「その気持ちを忘れるな」

「へい」

返事をしてから寅蔵は眉根を寄せ、子分を手招きした。

「旦那、実はこいつら、昨日音吉の後をつけて行ったんですよ」

寅蔵に言われ、子分たちが源之助の前に進み出た。子分たちは丑松《うしまつ》と矢吉《やきち》と名乗り、

「音吉の奴、親分を無視しやがってって頭にきましてね、で、あっしは仕返ししてや

ろうと音吉の後を追ったんですよ。そうしましたらね」

丑松は浅草田圃を歩いて行く音吉の後を追った。音吉は脇目も振らず一目算に走っていたという。すると、妙な連中に行く手を阻まれたのだという。

「妙な連中とは」

「お侍です。きちんとした身形のお方が一人、あとは浪人のような連中が三人ばかりでした。音吉はその連中に連れられて行ったんです」

馬場主水ではないか。

「きちんとした身形のお侍とはあばた面ではなかったか」

「そうです。ご直参兵頭さまの御用人馬場主水さまというお方です」

「おまえ、馬場殿を存じておるのか」

「あっしら、渡り中間をやってました時、兵頭さまのお屋敷にも奉公してましたんでね。それで、今だから申し上げますが、兵頭さまのお屋敷では賭博が行われてました。それが、御公儀にばれそうになったんで、あっしらが勝手に行ったことだって、屋敷から追い出されたんです」

「そんなことがあったとはな……」

寅蔵がやくざ者に身を落とした背景にそんな事情があったとは意外だった。根っからの悪党ではなかったのだろう。

「旦那、あっしらでできることありませんかね。馬場さまがからんでいるとなれば、ここで遭ったが百年目。あの時の借りを返したいんでさあ。それに、音吉だって、馬場さまに殺されたのかもしれませんぜ」

寅蔵は強い眼差しを向けてくる。寅蔵の申し出はありがたいが、軽々しくは動けない。

「考えておく」

「でも、あんなに一生懸命なおかみさんを見ていますとね、音吉を殺した奴ら放っておけませんや」

寅蔵は目をしばたたいた。

「情にほだされるのはわかるが、早まったことをするなよ。それより、お紗枝の身を密かに、いいか、密かにだぞ。密かに守ってやってくれ」

「わかりやした」

寅蔵が頭を下げると子分たちもそれに倣《なら》った。

「ならば、頼むぞ」

源之助に言われ寅蔵たちは人混みの中に紛れた。茹《う》だるような暑さにもかかわらず、なんとも涼やかな気持ちになれた。こういうことがあるから町方の同心はやめられない。

もちろん、寅蔵が再び悪の道に足を踏み込まない、という保証はない。しかし、たとえ一時でも悪党が悔恨の情を表し、まっとうな生き方をしようとしていることを喜ばないでは、八丁堀同心とはいえまい。

悪人をお縄にし、獄門台や遠い島に送るだけが役目ではないのだ。犯した罪は罪として償《つぐな》わせ、心を入れ替えてまじめに生きる、という人間を増やすことも大事なのだ。

地味な仕事ながら、そうした方に喜びを感じる。

いくら悪党でも小塚原や鈴ヶ森の刑場に送られて行くのを見るのは寒々とするものだ。

源之助はそんな思いを抱きながら朝顔市を巡回した。

時は緩やかに流れ、夕刻となって店仕舞いが行われた。お紗枝の小屋に戻ると、縁台の鉢植えは一つ残らず売れていた。

「今日はありがとうございます」

「いいんですよ」

お峰は喜びに溢れていた。

「残るは明日一日ですよ。明日はがんばるぞ」

京次も大いに張り切った。

「申し訳ないです。明日まで手伝っていただくのは、いくらなんでも」

「何、言っているんですよ」

お峰は京次を向いた。京次は、

「そう、乗りかかった船ですよ」

お紗枝はそれでも遠慮がちだが、

「遠慮することはない。明日一日なのだ」

源之助に言われ、

「では、お言葉に甘えます」

「なら、あっしらはこれで」

京次が言うと源之助は耳元で、

「新之助にわたしの屋敷にまいるよう言ってくれ」

京次は黙ってうなずくとお峰と帰途についた。

日は大きく西に傾いている。会場の方々で打ち水が行われ、濃い土の香りが漂っていた。お紗枝は、

「あの、蔵間さま」

と、声をかけてきた。

「なんでござる」

「亡き主人は大変にお世話になりました」

「大したことはしていない」

「いいえ、ちゃんと聞いております。蔵間さまは音吉の借財の掛け合いに出向いてくださり、借財を減らし、保証人になってくださった、と」

「聞いたのか」

「はい。音吉はなんとしても蔵間さまのご恩に報いると懸命に朝顔市に臨んでおりました」

音吉の清々しい笑顔が瞼に浮かぶ。

「ですから、わたくし、借財の五両、なんとしてもお返し致します」

頭巾から覗くお紗枝の目は固い決意に満ちている。

「そこまで心に決めておるか」

「わたし、決して蔵間さまにご迷惑をおかけするようなことはございません」

源之助が気圧されるほどの強い物言いだった。源之助はここで、心にひっかかっていたことを持ち出そうと思った。

「お紗枝殿、ちと聞きたいことがあるのだ」

源之助の物言いが変化したことをお紗枝は敏感に察したのか目元を厳しくし、心持ち身構えた。

「お紗枝殿、南町奉行所同心木下順次郎の妻、美玖殿を存じておるな」

お紗枝は黙っている。

「では、問いを重ねよう。直参旗本大杉左兵衛さまの姫、美玖さまを存じおるな。さらには上総屋の娘お久美……」

ここまで言った時、

「ご推察の通りです」

お紗枝はきっぱりと首を縦に振った。

「お紗枝殿が美玖姫さまなのか。それとも、上総屋の娘お久美なのか」

お紗枝は悪戯っぽく微笑んで、

「どちらだと思いますか」

「お久美だな」

お紗枝は返事をしなかった。

「改めて聞く。お紗枝、三年前の火事、一体、何があったのか話してくれ」

お紗枝は静かに息を吸い、そして吐くとおもむろに語り出した。

「わたしは、お久美ちゃんではなく大杉美玖です」

「なんと」

予想が外れた。勘働きが鈍くなったものだ。

「父から勧められた縁談が嫌でした。どうしても、受けたくなかったのです。ですけど、そういうわけにもまいりません。でも、精一杯の抗《あらが》いと申しますか、駄々をこねてやろうと屋敷を出たのです」

「出て行った先が上総屋、お母上のご実家とか」

「はい、それまでにも、面白くないことがあった時など呉服を選ぶことにかこつけまして、遊びに行っておりました。ですから、大杉の屋敷内では周知のことでございました。上総屋の娘は、ご存じと思いますがわたしとは双子でした。名をお久美ちゃんと申しました」

「お久美が木下殿の妻女美玖殿なのだな」

「そうです。わたしは、お久美ちゃんと江戸の市中に遊びに行くことが楽しみでした。上総屋で過ごすのは本当に幸せでした。わたしたちは入れ替わったりもしたのですよ」

「入れ替わる……」

「お久美ちゃんの着物や簪《かんざし》をわたしが身に着けてわたしの着物や簪をお久美ちゃんが着けました。上総屋の奉公人も見抜けませんでしたよ」

「罪作りな遊びですな」

「ほんとですね。人を欺《あざむ》いて喜んでいたんですもの。でも、わたし、それだけで入れ替わりをしたんじゃないのです」

お紗枝は遠くを見る目をした。頭巾から覗く瞳が潤んだ。

「音吉さんです。音吉さんは上総屋に出入りしている植木職人でした。わたしは、音吉さんにひかれていました。武家にはない、優しさ、誠実さ、一つの物事に熱中する一本気さにひかれたのです。音吉さんと親しく言葉を交わしたいと思いました」

「なるほど、大杉さまの姫さまでは都合が悪うござるな」

お紗枝は恥ずかしそうに目を伏せた。乙女に戻ったような仕草だ。

「わたしは、お久美ちゃんとして音吉さんと言葉を交わすようになりました。交わしてみると、益々好きになりました。どうしようもなく恋焦がれるようになってしまったのです。そんな中、意に添わぬ縁談を押し付けられようとしていました。わたしは、思い切って」

お紗枝はここで口を閉じた。

「ひょっとして、お久美のふりをして音吉と」

想像はついたが、それ以上は言葉にできなかった。

「そうです。わたしは、お久美ちゃんとして音吉さんと上総屋の土蔵の中で想いを遂げたのです。嫌な縁談を受けねばならないということでそんな思い切ったことをしてしまったのかもしれません。でも、罰が当たりました」

「火事ですな」

お紗枝はうなずくと、

「火の手はたちまちに上総屋を飲み込みました。お久美ちゃんが駆けつけてくれ、音吉さんと夢中で外に出ました。その時、この火傷を負ったのです」

お紗枝は頭巾を取った。右の頬に負った火傷は痛々しいが、堂々と晒したその態度は亡き音吉との愛の証を見せつけているようだ。

「外に出ると、お久美ちゃんはわたしと音吉さんに言いました。二人、一緒になったら、と。つまり、大杉美玖はこの火事で死んだということにしたらどうか、と。わたしは、深く考えず、そうすることにしました。音吉さんは、わたしがお久美ちゃんじやなく、美玖と知って驚きましたが、わたしの願いを叶えてくれました」

「そういうことでしたか」

そんな言葉しか出なかった。

お紗枝は頭巾を被り、

「浅草田圃にある厳生寺という浄土宗の寺に行きましょう。大杉家の菩提寺です。ご住職さまはわたしのことを理解してくださり、今、そこにお久美ちゃん、いえ、木下美玖殿が匿われております」

「なんと」

驚いている場合ではない。

源之助は心を落ち着かせ、お紗枝と厳生寺に向かうことにした。

第七章　知らぬは親ばかり

一

源之助はお紗枝の告白に衝撃を受けた。

どうしていいのかわからない。が、ともかく、美玖がいるという厳生寺にお紗枝と一緒に向かうことにした。

薄っすらとした夕闇の中、田圃の畦道《あぜみち》を進む。田圃の緑が風に揺れ、油蟬に代わって蜩《ひぐらし》の鳴き声が響き渡っていた。向かう途中、源之助もお紗枝も言葉を交わすことはなかった。

無言のうちに厳生寺に到着した。山門を潜る。境内には本堂、庫裏、墓などがあるが、地味な造りである。本堂横の大きな樫の木が目につくが境内にはこれといって行楽に値するものはない。

このため、参詣に訪れるのは檀家くらいと見え、境内に人影はなかった。

「こちらです」

お紗枝に案内されたのは庫裏だった。玄関に入ると、老齢の僧侶が現れた。

「姫さま、お帰りなさい」

僧侶ははっきりと姫さまと呼んだ。お紗枝の告白を聞いたとはいえ、第三者の口から聞いてみるとお紗枝こそが美玖姫であったことを実感した。

「ご住職さま、姫さまはやめてください」

お紗枝はやんわりと言ってから源之助を紹介し、源之助には僧侶を文行《もんこう》と紹介した。

文行は顔中を皺くちゃにして、

「どうぞ、お上がりくだされ」

文行の案内で庫裏の奥へと進んだ。庭に面した座敷に通された。枯山水の庭に配置された石が夕陽を受け白砂に影を引いている。幽玄の世界に接したようで心に静寂が訪れた。

やがて、茶が運ばれて来た。運んで来たのは、

「美玖殿」

まさしく木下美玖である。

「蔵間さま、お世話になりました」

美玖は両手をついた。

「おおよそのことは美玖姫、ああ、いや、お紗枝殿から聞きました」

美玖はうなずいた。

「そうなのです。わたしたちは、上総屋の火事の時、夢中で逃げ出しました。音吉さんが姫さまを助けてくださいました。わたしは、一人、彷徨っていたのを木下に助けられたのです。わたしは、自分が記憶を失くしたということにしました」

「何故、そのようなことをされた」

源之助は茶を受け取るのも忘れた。

「咄嗟《とっさ》にそれが生きて行く道だと思ったのです。それに、姫さまの恋の成就を願ったことも確かです」

美玖はお紗枝となった美玖姫が音吉を慕っていたこと、最初は朝顔に興味を抱いていたのが、音吉の真摯な人柄、朝顔に打ち込む姿に打たれたことを語った。政争に明け暮れ、己が出世と保身にあくせくしている自分たちの暮らし、縁談、それに縁談相手に対する不信、日々遊興のうちに過ごし、奉公人に罵声を浴びせ、人を人とも思わない態度に美玖姫が心底嫌気が差したことも言い添えた。

全てはお紗枝の言葉を裏付けるものである。

「それで、わたしは、あの火事が姫さまとわたしの運命を変える、新しい門出《かどで》になるものと思いました」

「なるほどのう」

源之助はそれを咎《とが》める気にはならなかった。

「それに、怖かったのです。あれは、付け火でした。火を付けたのは為右衛門の仕業《しわざ》と思ったのです」

美玖は為右衛門が上総屋にいた頃からその仮面に隠された邪悪な素顔に気づいていた。いつか、そんなことを仕出かすのではないかと嫌な予感がしたという。

「ですから、わたし、自分が生きていることがわかれば、姫さまのこともわたしのことも知られてしまい、為右衛門に殺されると思ったのです。わたしは、それで、身を隠そうとしました。世間さまから姿を消そうと思ったのです」

「それで、木下殿と」

「はい。でも、木下のことを嫌いだったわけではありません。あの人は一人彷徨っているわたしに声をかけてくれ、一生懸命にわたしのことを心配してくれました。記憶を失くしたということを信じ、方々探索してくれたのです」

「木下殿らしいな」

「木下はわたしを上総屋の奉公人と思ったようです。それで、木下は上総屋の火事について調べて回ったのです」

「すると、付け火ではないと南町奉行所が断を下したにもかかわらず、上総屋の火事を探索していた裏には美玖殿の身元を探るという意図があったのですな」

「そうです。わたしは、あの人に申し訳ない気持ちを抱きながらも事の真相は話せませんでした。話せば、わたしの素性を明らかにし、姫さまのことも話さなければならないからです」

「そういうことですか」

ここで、喉の渇きを覚えた。茶は既に温《ぬる》くなっていたが、乾いた喉にはそれがありがたかった。

「そのうち、わたしの気持ちは木下に傾いていきました。木下の誠実なその態度、お侍さまらしいきびきびとした所作。商人の家で育ったわたしですが、出生の秘密を知ってしまってからは、お武家さまに対する憧れが募《つの》りました」

「ほう、そんなものですかな」

「姫さまからは武家の暮らしぶりがいかに窮屈で世間体を憚る、嫌なものかということを聞かされていましたが、わたしは、そんなものかと思う反面、お武家さまの暮らしに密かに憧れたのでございます」

「それで、木下殿の妻となったのですな」

「もちろん、木下だからです。もし、木下以外のお武家さまの女房になる機会があったとしましても、わたしは嫁《とつ》がなかったと思います。実は、大奥に上がらないかとか、母さまのようにしかるべきお旗本の養女となってお旗本の奥さまに嫁がないかというお話もあったのです。そんなこともあり、わたしのお武家さまに対する憧れは強くなっていったとも思えます。それに、わたしは姫さまに憧れてもいました。よく思ってもいました。わたしと姫さまが逆の立場ならどんなによかったか、って。つまり、わたしが大杉美玖で姫さまが上総屋のお久美ではいけなかったのかって」

美玖は息を吐いた。

「ですから、わたしは記憶がないふりのまま木下の妻となりました。妻となってからも木下はわたしになんとかして記憶を呼び覚まさせようと方々の医者に連れて行ってくれたり、気遣ってくれました。わたしには、それがありがたくもあり、辛くもありました」

「さぞや辛い日々を送られたことでしょう」

庭の闇が次第に濃くなっていく。夜空を彩る月に雲がかかっていた。

「今年になって木下殿が再び上総屋の火事を探索するようになったのはいかなるわけなのでござるか」

美玖は思いつめたような顔になり、

「南町奉行所で捕縛した盗賊の中に上総屋への火付けをほのめかす供述をした者がいたのだそうです。その盗人は他にも盗みや火付けをしておりましたし、南町奉行所では既に失火として断が下された上総屋の一件ですので、それ以上は追及されなかったのです。ところが、木下はそれに敏感に反応しました」

「ひょっとして、その盗人は為右衛門の名まで口に出したのですか」

「そのようでした。御奉行所としましても大奥出入りの商人である為右衛門をそれだけのことで追及することもあるまいと沙汰はうやむやとなったのです」

「ところが、木下殿はそれでは承知しなかった」

美玖は大きくうなずくと、

「木下は一人で為右衛門の身辺を探索するようになりました。毎日、御用が終わると為右衛門探索にいそしみました」

「それで、三年前の上総屋の火事が為右衛門の仕業と見当をつけた。よって、為右衛門に質《ただ》そうとした。すると、為右衛門は兵頭家用人の馬場殿に相談をした。二人は雷雨の日、わざわざ、木下殿を柳橋の料理屋に呼び出した、というわけですな」

「今にして思えば、そういうことなのでしょう。わたしは、それを明らかにしていただきたいと蔵間さまにお願いしたのです。南町奉行所ではない北町の同心さま。しかも、正しいことを貫かれると評判のお方に……。それに、わたしは、姫さまから聞いたのです。蔵間さまのこと。蔵間さまが朝顔市で音吉さんのことを助けてくださった一件です。大変情け深く、親身になってくださるお方と思いました」

「お紗枝殿とは連絡を取っておったのですか」

「はい。と、申しましてもそんなに頻繁ではございませんが、文のやり取りや密かに訪ねたりもしておりました。姫さまから音吉さんが北町の蔵間さまという情け深いお役人さまに助けられた、というお話を、その日のうちに聞いたのです。蔵間さまがお訪ねくださった前日、今月の一日のことでした。わたしは運命のようなものを感じました。これは木下の霊の導きと信じたのです。わたしは、蔵間さまなら、どんな悪党であろうと木下殺しの下手人を暴《あば》いてくださる。お縄にしてくださる、とすがろうと思ったのでございます」

美玖は切々と語った。

「そうまで、思われてはいささか面映《おもはゆ》うござるが、これで、事の真相ははっきりした。だが、肝心なのはこれからでござる」

「はい」

美玖も目に強い意志を込めた。

「相手は大奥出入りの商人、おまけに背後には御台所様御用人が控えておる。もちろん、だからと申して引く気はない」

源之助は思案するように腕を組んだ。

二

しかし、すぐに妙案が浮かぶはずもなく言葉に詰まった。すると、美玖が、

「そう、そう。ご子息の源太郎さまにお世話になりました」

意外な局面で息子の名前を聞き、きょとんとしてしまった。

「源太郎が何か」

「わたしは蔵間さまのお屋敷から明け方、断りも入れず出て行きました」

「そうでしたな、いささか驚きましたぞ」

「申し訳ございませんでした。実はあの時、源太郎さまがわたしをこの寺まで送ってくだすったのです」

「ほう、あいつが」

「源太郎さまはなんでも、このところ八丁堀界隈をうろうろしている不逞な浪人どものことが気にかかり、毎夜、巡回しておったというのです」

「源太郎がそんなことをしておったのですか」

思いもかけないことだ。

「なんでも、最初は同僚の方と一緒にお酒を飲んでおられたそうなのですが、そこへ、浪人風の男たちがふらりと現れ、源太郎さまに八丁堀同心とその女房を探している、と聞いてきたのだそうです」

源太郎は浪人の怪しげな態度に不信感を抱いたという。浪人たちは馬場の手の者に違いない。美玖の行方を探していたのだ。

源太郎は浪人の口から探している同心の妻が木下美玖らしいことを知った。浪人はさる大店の隠し子ではないかと思って探しているのだということだったが、源太郎はそうではないと怪しんだ。そんな矢先、木下の女房である美玖が家にやって来た。

源太郎は浪人の身から美玖を守ろうと思った。

「なんで、あいつ、わたしには黙っていたのだ」

ぶつぶつと呟いてしまった。

「手柄を立てたいとおっしゃっておられましたよ」

「手柄を」

「浪人どもを捕らえ、悪事を明らかにしてやるのだと。幸か不幸か、わたしが蔵間さまのお屋敷からこの寺に向かった時は浪人どもは姿を現しませんでした」

「まったく、困った奴だ」

「そんなこと、おっしゃらないでください」

「どうしてです」

「源太郎さまは懸命に御用をしておられますよ。それに、とてもお父上を尊敬しておられます」

「そうでしょうか」

内心ではうれしくてならなかったが、ついぶっきらぼうな物言いになってしまう。

そんな源之助の心の内を感じ取ったのか、

「源太郎さまはおっしゃっていました。同僚から酒の席でからかわれたのだそうです」

「何を」

「自分は酒を飲まないと言ったのを、親父に似ている、とからかわれたのだそうです」

「わたしに」

ぽかんとした。

「酒の席ですから、同僚たちもお酒の勢いがあったのでしょう。蔵間さまを揶揄《やゆ》する言葉を投げたのだそうです。源太郎さまは、同僚方と喧嘩をし、馬鹿にされまいと酒を飲むようになったのだそうです」

言葉が出なかった。

酒を飲んでいたことを一方的になじってしまった。頭ごなしにである。源太郎の悔しい胸の内、しかも父に関することでそんな思いを抱いていたというのに、一顧だにしなかったのである。

「ですから、源太郎さまのことはお叱りにならないでください」

美玖はにっこり微笑んだ。

「いや、すみません、まったく、親としてなっておりませんな」

源之助は頭を掻いた。

そこへお紗枝がやって来た。

お紗枝は頭巾を外《はず》していた。二人並んで座ると、改めて二人が瓜二つなのに驚いた。

「このたびは、まこと、ご迷惑をおかけしました」

お紗枝は改まった様子で両手をついた。

「なんの、お二人のお話を聞き、深い霧に閉ざされていた一件が晴れました。この上は、悪人を枕高く眠り続けさせることはできません。馬場と為右衛門には必ず、鉄槌を下さねば」

源之助が二人の顔を交互に見るとお紗枝が、

「蔵間さまをこんなことに巻き込んでしまい、まこと申し訳ございません」

美玖も頭を下げる。

「今更、それはおっしゃるな。それより、お紗枝殿」

源之助は強い眼差しを向けた。

「はい」

お紗枝も目を厳しくする。

「お紗枝殿、大杉屋敷にお戻りになられる気はないか」

お紗枝は微妙に首を振り、

「わたしは、このような面体になってしまいました」

「それは関係ないと存ずるが」

「いいえ」

「関係ない。親と子は絆でござる。面体の問題ではござらん」

「それは、わかります。ですが」

お紗枝は視線を落とした。濃い睫毛が微妙に揺れた。

「殿さまは病重く、姫に一目会いたいと申されておられます。親心に報いることできませんか」

「できません。わたしは、大杉の家を飛び出した身です。戻る家はないのです」

「そのように頑《かたく》なになられることはないと存じますが」

「蔵間さまのお気遣いはわかります。しかし、わたしは、三年前に死んだのです。大杉美玖は上総屋の業火の中で短い生涯を終えました。今のわたしは植木職人音吉の女房お紗枝です」

お紗枝は毅然としていた。

その決意に揺らぎはなかった。

「お紗枝殿の決意はわかります。しかし、お紗枝殿が音吉を慕うようになったきっかけはなんですか」

「それは……」

「朝顔でござろう。お紗枝殿は朝顔を何故好きになったのですか」

「……」

「お父上、大杉の殿さまがお好きだったからではないのですか」

「父は」

呟いたもののお紗枝は言葉を濁した。

「殿さまに今のお姿をお見せすることになんの躊躇いがありましょう」

「やはり、できません」

その表情は苦悩に満ちていた。心は大きく揺れ動いているに違いない。これ以上無理強いすることはできない。あくまで、お紗枝の気持ちなのだ。お紗枝とて血の繋がった父親に会いたくないはずはない。だが、音吉の妻として生きることを決意したのだ。その決意は他人が安易に踏み込めるものではない。

「お紗枝殿の気持ちを斟酌《しんしゃく》せず、一方的な申し出、勘弁してくだされ」

源之助は軽く頭を下げてから、

「明日は最後の日でござるな」

お紗枝の表情は一変した。面差しが明るくなり、希望に満ち溢れた。

「音吉のためにも必ず一等賞を取ります」

「音吉の思い、必ずや通じる」

「はい、そう信じております」

「明日はわたしも顔を出そう」

「ありがとうございます」

「それから、寅蔵の奴なんだが」

「はあ」

お紗枝は小首を傾げた。

「寅蔵、すっかり、お紗枝殿に感服しおって、心を入れ替えると申しおった。お紗枝殿のことを密かに守ると」

「まあ」

「意外であろう。あのやくざ者が」

「音吉の朝顔を見て、心やさしくならないのは人ではございません。あの人の気持ちが込められているのですから」

今まで口を閉ざしていた美玖が、

「蔵間さま、改めてお礼申し上げます」

「なんの、お二方、くれぐれも気をつけられよ」

二人は両手をついた。

三

源之助は組屋敷に戻った。既に日はとっぷりと暮れている。

玄関で久恵は三つ指をついた。穏やかな微笑みを取り戻している。その顔を見ると、ほっと安堵の気持ちに包まれた。

大刀を久恵に預けると、

「牧村さまがいらっしゃいました」

そうだった。京次に言付けたのだ。お紗枝の衝撃的な告白で思いがけず、巌生寺に立ち寄りすっかり遅くなった。

「後ほど、出直すとおっしゃいました。それと、源太郎がお話があるそうです」

久恵は声を小さくした。源太郎の話が美玖に関することとは予想できる。自分も話そうと思っていたところだ。これを機に親子のわだかまりを解いておきたい。

「わかった」

いつもと変わらぬ武張った物言いで返す。久恵は心持ちうれしそうだ。

廊下を奥に進み、居間に入った。

「お帰りなさいませ」

源太郎は両手をついた。

「ふむ」

軽く会釈をすると、源太郎は面《おもて》を上げた。その顔は清々しい若者の面差しに戻っていた。久恵が二人に配慮し、居間から出て行こうとした。それを、

「おまえもいなさい」

久恵は腰を浮かしたまま戸惑いを見せたが、黙って部屋の隅に腰を落ち着けた。源太郎はそれを見てから、

「父上、大変にご心配をおかけしました」

と、深々と頭を垂れた。

「ふむ、顔を上げよ」

ゆっくりと返した。

源太郎は顔を上げた。その目を見ながら、

「実は先ほど、厳生寺にて美玖殿に会ってまいった」

源太郎は意外な目をしたが、

「父上、美玖殿とお話をされたのですか」

源太郎は源之助が美玖と会った経緯がわからないため戸惑いを隠せないようだ。

「おまえ、美玖殿を守り、厳生寺にまで連れて行ったそうだな」

「はい、実は、そのことで父上に謝らなくてはならないと思っておったところです。わたし、勝手な判断で、いきがっておりました」

「いや、おまえの気持ちは美玖殿から聞いた」

源之助は言ってから久恵を向き、

「源太郎は、同僚からわしのことで揶揄されたそうだ」

美玖から聞いた酒飲みのことを話した。久恵は、「まあ」とわずかに驚きの言葉を漏らしたものの穏やかな笑みに包み込んだ。

「そんなおまえの心の内を全く気づかず、全く知ろうともしなかったことはわしは父親として失格であるな」

源之助は苦笑を漏らした。

「そんなことはございません」

源太郎は激しく首を振った。強く否定してくれたことに戸惑いと喜びを感じた。源太郎は、

「父上は懸命に御用をしてこられました。わたしも母上もよく存じております。わたしは父上の背中を見てまいりました。そのこと、わたしも父上のようになりたいと思ってきたのです」

源太郎の一言、一言が源之助の胸に心地良く刻みつけられた。目頭《めがしら》が熱くなってきた。横目に映る久恵は涙を拭っていた。

「ですが、わたしのしたことは、心ならずも父上の心を乱すことになったことも事実です。お詫び申し上げます」

「うむ」

それ以上の言葉が出てこない。こいつは自分の知らないところでいつの間にか成長していた。苦悩していた。

それに対して、もっと多くの言葉をかけてやりたい。だが、言葉が出てこない。口に出せば、言葉と一緒に涙が溢れそうだ。

必死で己の感情を抑えていると、

「御免くださいまし」

玄関で聞き覚えのある声がした。久恵は涙を拭うと、

「お待ちください」

と、玄関に向かった。源太郎も、

「杵屋殿ですね」

と、言い残して居間から出た。久恵に導かれ善右衛門がやって来た。善右衛門はいつもの飄々とした所作で腰を落ち着けると、

「お疲れのようですね。目が腫れておられますぞ」

源之助はあわてて目頭を指で揉みながら、

「いや、そんなことはござらん」

久恵は善右衛門が羊羹を土産に持って来たことを告げた。礼を述べ立ててから、

「今日は」

と、用件を尋ねた。

善右衛門はいつにない真剣な様子で、

「大杉さまの一件についてでございます」

それは予想していたものとはいえ、答えづらいものだ。

善右衛門は軽くため息を漏らすと、

「武藤さまから困ったと相談をもちかけられました」

「武藤殿から」

言葉をなぞったが、武藤にすれば当然のことであろう。

「蔵間さまが姫さまを見つけてくださったのはよろしゅうございましたが、肝心の姫さまは記憶を失くされておられるとか」

善右衛門は困ったように眉をしかめた。

「いかにも失くしておられます」

取り合えず、そう返事をした。

「いかにも困りましたな」

善右衛門は庭に顔を向けた。

「本人に記憶にないのでは殿さまへの面談も叶いますまい」

お紗枝のことは黙っていた。今、ここでお紗枝こそが真の美玖姫なのだと言ったところで事態を混乱させるだけだ。善右衛門の困惑を深めるだけだ。

「ところが、殿さまのご容態も決して予断を許さぬ状況にあります」

「それは、武藤殿からも聞きました」

「それで、武藤さまは窮余の策としまして、記憶を失くしておられることを承知の上で、木下美玖さまを殿さまの病床にお連れしたいと申されておるのです」

「しかし、それは、いかがなものでござろう。忠義心からとは申せ、殿さまを欺くことにございますぞ」

「わかっております。それを承知で敢えて引き合わせたいと、お考えでございます」

「どういうことでござる」

「殿さまは死線を彷徨っておられます。言葉を交わすことなどできないご病状なのだそうです」

「殿さまがそのような病いゆえ、美玖殿にただ、枕元に侍《はべ》ってくれればよいということでござるか」

「それで、殿さまはこの世に対する未練を残すことなく往生できると、武藤さまはおっしゃるのです」

善右衛門は己の感情を消し淡々と答えた。

「それは、そうかもしれませんが」

釈然としないものを感じる。確かに大杉の気持ちは穏やかになるのかもしれない。

だが、明らかに美玖が美玖姫ではないことを知っている源之助にすれば、まやかしのようにしか思えない。

そんな源之助の心の内を知るはずもない善右衛門は、

「ものは考えようでございます。嘘も方便」

「たしかにその通りでござるが」

考えてみれば美玖も大杉の娘には違いない。双子として忌み嫌われ、上総屋に養女に出された、いや、養女に出されたと言えば聞こえはいいが、実際は捨てられたのも同然なのだ。

そんな美玖が実の娘だからといって父親との対面を喜ぶはずはない。

「ですから、美玖さまを大杉屋敷に連れて行っていただけませんか」

「わたしがですか」

「武藤さまは、蔵間さまならそれがおできになると考えておられます」

「わたしに美玖殿を連れて行けと」

「はい」

「しかしなあ」

いくら善右衛門の頼みといえ、真相を知っているからには安易に受けることはできない。

「どうされたのです」

「ふむ」

困った顔をした。

「本日、武藤さまは木下さまのお屋敷を訪ねられたのです」

「どうしてでござる」

「決まっておりましょう。美玖さまにお屋敷に来ていただくよう説得しようとなさったのですよ。ところが、美玖さまはお屋敷にはおられなかった。ご近所で、この二日、お留守のようだと聞かれたのです」

「ほう、それはちと心配ですな」

横を向いた。善右衛門を欺くことは心苦しいがやむを得ない。

が、善右衛門は勘が鋭い。ニヤリとして、

「蔵間さま、ご存じなのではございませんか」

「そんなことはござらん」

かぶりを振ったが、

「またまた、そんな、お惚《とぼ》けになられて。わかりますよ、蔵間さまは嘘が下手《へた》でございますからな」

「そんことはござらん」

憮然としたが、心に善右衛門を欺いたことの後ろめたさがあるため、繕《つくろ》いの表情となってしまう。

「ですから、蔵間さま」

「いや、それは」

必死で抵抗すると、

「わかりました。きっと、蔵間さまには何かお考えがあるのでしょう。それは、わたしも察します。ですが、殿さまがご病床であることも事実。それに、余命いくばくもないこともまた事実なのでございます」

善右衛門は笑顔を引っ込めた。

「それは、わかります」

源之助もその厳然とした事実を正面から受け止めた。

「これ以上は申しません」

「すまぬことです」

「詫びられることではございません」

善右衛門は気にするなとばかりに頬を緩めた。

「今晩、一晩、考えさせてくれませぬか」

「そうしましょう」

善右衛門は腰を上げた。縁側に出ると源太郎と行き会った。

「これは、源太郎さま。日に日に、ご立派になられますな」

「まだ、まだ、未熟者でございます」

源太郎は慇懃に挨拶を返した。

四

源太郎は善右衛門が帰って行くのを見計らってから居間に入って来た。

「父上、美玖殿のことが心配です」

「なんだと」

「美玖殿のことが心配なのです」

源太郎は源之助と善右衛門が交わしていた会話から美玖のことを漏れ聞いたようだ。

「申し訳ございませんが、聞いてしまいました」

「で、何が言いたい」

「美玖殿は何者かに追われております」

「それで」

「わたしが、身辺をお守りします」

「今は寺に匿《かくま》われておる。おまえが、心配することはない」

源太郎の気持ちを傷つけないように言ったつもりだったが、源太郎の心には届かないようで、

「ですが、やはり、心配です」

「どうしようというのだ」

「厳生寺に詰めます」

源太郎は大まじめである。

「おまえにはおまえの役目があるではないか」

「ですが、このままでは」

「心配することはない」

「しかし」

源太郎は唇を嚙んだ。

「おまえは見習いの身だ。一日たりと自分勝手な行動をしてはならん」

源太郎はうなだれた。

「役に立ちたいという気持ちはよくわかった。もう、下がりなさい」

穏やかな口調ながら毅然として釘を刺した。源太郎はこれ以上抗うことは父への反抗と思ったのかうつむきながら、

「わかりました。余計なことを申しました」

と、言い置き居間を出た。入れ替わるように久恵が入って来た。心配そうな顔だ。久恵の心配を払拭しようと、

「心配ない。話はついた。あいつ、美玖殿のことを心配するあまり、少し、気持ちを高ぶらせておるようだ」

わざと微笑んで見せた。久恵はうなずいたものの、表情からは心配の色が取り払われていない。それどころか、憂鬱の色を濃くしていた。

「どうしたのじゃ」

「いいえ」

久恵は躊躇っている。

「どうした」

今度はやや強く問いを重ねた。

「源太郎ですけど、その」

「どうした、はっきりと申せ」

「源太郎、美玖さまに恋心を抱いたのではないでしょうか」

「はあ」

思わず目が点になった。久恵はまるで自分の恋心を打ち明けるように恥じらい、

「源太郎は美玖さまを慕《しと》うておるような気が致します」

「そんな馬鹿な」

言ったものの頭から否定はできないと思った。

「思い過ごしでしょうか」

久恵は自分が間違ったことを言ったかのように悔いた。

だが、落ち着いて考えてみると、あながちあり得ないことではない。いや、それどころか大いに心当たりがある。ああまでして、美玖を守りたいと言い張ったこと。あの目はまさに、自分の大事な女を守る男の本能、闘争心に満ち溢れていた。

「思えば、あいつも十八、女に懸想《けそう》することがあってもおかしくはない。美玖殿は美しい。だが、未亡人だ」

「源太郎とて、美玖さまと夫婦になりたいとまでは思っていないでしょうが」

「それは、そうだ。そんなこと許されるはずはない」

源之助は声がひっくり返った。

「ですから、そう。姉のように慕っておるのではないでしょうか」

「姉な……。寺まで二人きりで夜道を行き、そんな思いが募ったのか」

「そうかもしれません」

「かと申して、どうすることもできぬ」

「それは、そうですけど」

久恵は含み笑いを浮かべた。

「どうした」

「源太郎のこと、いつまでも子供と思っておりましたのに、いつの間にか」

久恵の言葉は源之助にとっても同様の思いだ。意外なわが息子の成長に驚きと戸惑い、多少の喜びを感じた。久恵はまだ何か言いたそうだったが、

「失礼します」

と、玄関で牧村新之助の声がしたため気を落ち着かせ居間を出た。新之助がやって来た。

「すまなかったな。思いがけず遅くなった」

「なんの、そんなことはよろしいのですが、それよりも御用はなんでございます」

「おまえ、植木屋の音吉殺しを追っておるのだったな」

話が御用のこととわかり、久恵は居間から姿を消した。

「はい、そうですが」

「音吉殺しの下手人がわかった」

「なんですって」

新之助が驚くのも無理はない。源之助は、

「下手人がわかったのだ」

と、木下順次郎殺し、上総屋の火事、美玖姫探索の経緯を語り、

「音吉殺しはこの三つの事件に関わっておるものとわしは思う」

「としますと、音吉は何故、誰に殺されたのですか」

「それは明日、朝顔市にて話す。緒方殿も呼んでくれ」

「承知しました。それにしましても、単に物盗りの仕業と思った一件にこんな根深い真相が秘められておったとは……。しかし、相手は直参旗本の家来、迂闊には手が出せません」

「だが、見過ごしにはできん」

「蔵間さまには何かお考えがありそうですね」

源之助は深くうなずいた。

第八章　朝顔は永遠に

一

翌六日の朝、朝顔市最後の日である。源之助が市に顔を出すと寅蔵が二人の手下、丑松と矢吉を連れ近寄って来た。

まだ、市が開かれるまでには半時ほどの時があるが、既にお紗枝は来ていた。紫の頭巾を被り、縁台の朝顔に水をやっている。一緒に美玖も手伝いをしていた。

「旦那、今日は最終日だ、気を引き締めて見張ってますぜ」

寅蔵は腕まくりをした。

「それもいいが、一つ頼まれてくれんか」

「旦那の頼みとあれば断ることはできませんや。何をさせていただきましょう」

「馬場殿をお縄にする」

馬場の名を出したところで寅蔵は顔を輝かせた。

「そうこなくちゃ。いっそのこと、あっしが丑松と一緒にお恐れながらと御奉行所に訴え出ましょうか」

寅蔵は目をしばたたかせた。

「せっかくの申し出だがな、おまえも丑松も音吉が殺された現場を見たわけではあるまい」

「そりゃそうですがね」

「確たる証はない以上、直参旗本の用人、しかも御台様御用人という実力者の家臣を罪に問うことはできない」

「おまけに、あっしらやくざ者の言うことなんか取り上げてくれやしませんや」

寅蔵の声はしぼんでいく。

「そこでだ」

源之助は声を潜めた。寅蔵も眉根を寄せる。

「これから、兵頭さまのお屋敷に行き、馬場殿に取り次いでもらうのだ」

「馬場さまを脅せってことですか」

寅蔵は合点《がてん》がいったように手を打ったが、

「違う」

源之助に否定され、口をぽかんと開けた。

「美玖姫さまの隠れ家をお教えしますと持ちかけるんだ」

「美玖姫さまとはどちらのお姫さまで」

もっともな疑問だ。唐突に姫さまと言われても当惑するばかりだろう。

「それは、知らぬでもよい。おまえは、兵頭さまのお屋敷の中間仲間から馬場さまが美玖姫さまを探していると聞いた。そこで、これは儲け話になると鼻を利かせた。そんな折、北町の同心蔵間源之助にとっちめられた。仕返ししてやろうとつけ回していたら、蔵間は木下という同心の未亡人美玖という女を匿っていることがわかった。その美玖こそ馬場さまが探している美玖姫さまに違いないと鼻を利かせ、匿い先を突き止めた、とこう申すのだ」

「はあ」

寅蔵は一度聞いただけではわからないようだ。丑松と矢吉に源之助から聞いた話を確認している。丑松と矢吉は二人がかりで源之助の話をなぞった。

源之助はもう一度、噛んで含めるように繰り返した。

「わかったか」

「へい、大丈夫です」

寅蔵は胸を張って見せたものの、しくじられては困る。念のために試すことにした。

「ならば、聞くが、おまえはどうやって美玖姫さまが潜んでおられる場所を知ったのだ」

「それは、ええっと、そうですよ、蔵間の旦那をつけ回したんです」

寅蔵は丑松と矢吉に向いたが、二人は口をもごもごさせているだけだ。

「そうだ。どうして、つけ回した」

「そら、こっぴどい目に遭わされたから、その腹いせですよ」

「そういうことだ」

「任してくださいよ」

寅蔵はどんなもんだと丑松と矢吉を見る。二人は神妙な顔でうなずいた。

「ところで、肝心の美玖姫さまの隠れ家ってのは、一体何処ですか」

「浅草田圃にある厳生寺だ。だが、そのことは申すな」

「それじゃ、褒美にありつけませんや。いや、馬場さまから褒美を頂きたいってわけじゃござんせんよ。隠れ家を知らねえことには、話を信じてもらえませんからね」

「おまえは馬場殿には厳生寺のことは言わず、自分について来て欲しいと連れて出すのだ」

「黙って、ついて来てくださいって、こってすか」

寅蔵はうれしそうだ。丑松も矢吉も喜んでいる。自分たちに賭博の罪を着せ、追い出した馬場に仕返しができるのだから無理もない。

「うまくやれよ」

「こいつはいいや。馬場さまには貸しがあるんだ。ここらで返してもらわねえと」

寅蔵は全身にやる気をみなぎらせた。

「やる気満々なのはよいが、逸《はや》るなよ」

「任せてくださいな」

寅蔵は二人の手下を連れ、軽やかな足取りで朝顔市を立ち去った。

源之助は寅蔵たちがいなくなったところで店に向かった。

「お早うございます」

お紗枝が挨拶を送ってきた。美玖もそれに倣《なら》って元気よく挨拶をくれる。そこへ、京次とお峰もやって来た。

「こんなに早くからお出でくださって、どうぞ、ごゆっくりしていってください」

お紗枝が言うと、

「何、言ってるんですよ」

お峰は手伝い始めた。

「でも、ここは間に合いますから」

それでもお紗枝が気遣うと源之助が、

「ちと、美玖殿」

と、傍らに招き寄せ、外に連れ出す。美玖は源之助の意を察したのだろう。目に緊張を走らせた。

「これから、厳生寺に戻っていただきたい」

「どういうことなのでしょう」

「申し訳ないが、美玖殿に囮《おとり》になっていただく」

源之助の言葉を正面から受け止め美玖は静かにうなずいた。

「わかりました。悪人たちを捕らえるためですもの。なんでもやります」

「覚悟はよろしいか」

「わたしは、南町奉行所同心木下順次郎の妻でございます」

「よう、申された」

「どうすれば、よろしいのでしょう」

「美玖殿は何があっても動じないでいただきたい。美玖姫さまに成りすましていただきたいのです」

「姫さまに成りきればよろしいのですね」

源之助は大きくうなずいた。そこへ、八丁堀同心がやって来た。牧村新之助である。

源之助は店の前で、

「さあ、今日は最終日だ」

「気合いを入れていきますぜ」

京次が応じ、

「そうだとも」

お峰も自らを鼓舞するように胸を叩いた。お紗枝もにっこり微笑む。

真っ白な入道雲が横たわり、目が痛くなるほどの日差しが降り注いでいる。

朝顔市最終日にふさわしい夏晴れの一日が始まった。

源之助は美玖を新之助に引き合わせた。

「この者、北町の牧村でござる。念のため、厳生寺までお送り致す」

源之助に言われ、新之助は自己紹介をし、美玖も挨拶を返した。

「では、しっかり頼むぞ」

源之助が言うと、

「任せてください」

新之助は固い決意を告げた。

「と、申しても、その前に緒方殿だな」

「もうすぐお出でになると思います」

新之助が言ったそばから北町奉行所筆頭同心緒方小五郎がやって来た。緒方はにこやかな顔で、

「蔵間殿が大そう褒めちぎっておられる朝顔、楽しみに見物にまいりました。牧村も是非ともと言ってきましたし」

「わざわざ、かたじけない。もう、間もなく市は開かれるのですが、その前に茶など」

源之助は緒方と新之助を伴い市を出ると、奥山にある茶店に入った。新之助が冷たい麦湯と心太を頼んだ。三人は源之助を真ん中にして縁台に腰かけた。葦簾《よしず》から朝日がこぼれてくるが、風があるため暑さはさほど気にならない。

「いや、楽しみでござるな」

緒方は目を細めた。

「今日は最終日でござる。様々な変化朝顔が並べられますぞ」

「ほう、それはよい」

緒方が笑みを深めたところで冷たい麦湯と心太が運ばれて来た。世間話をしながら心太を終えたところで、

「ところで、緒方殿」

源之助は口調を改めた。緒方は源之助の態度の変化を敏感に感じ取り笑顔を引っ込めた。

「緒方殿には黙っておったのですが、拙者、先月の二十五日に起きた南町奉行所同心木下順次郎殿の溺死、三年前の五月二十日に起きた上総屋の火事について探索を行っておりました」

「なんと」

緒方は絶句した。

「勝手な振る舞い、許せぬと思われるのなら、このこと与力さまに上訴くだされ」

源之助は己の決意を示すように背筋をぴんと伸ばした。緒方は静かに、

「蔵間殿がなさること。決して、酔狂ではないと存ずる。どうか、腹蔵なくお話しくださらんか」

二

源之助は、「かたじけない」と前置きをすると、

「わたしは姓名掛の職務で南町奉行所同心木下順次郎殿の妻女美玖殿を訪ねました」

まず、美玖から木下の溺死が事故ではなく殺されたと聞かされ、その探索を頼まれたことを語った。次いで、探索を続けるうちに木下が三年前に起きた上総屋の火事を火付けと疑い探索をしていたことを話した。

「こうして、自ずと木下殿の一件、上総屋の一件の探索に足を踏み入れるうち、御台所様御用人大杉長道さまの姫さま捜索にも首を突っ込んだのでござる」

源之助は美玖姫探索の経緯を簡潔に述べた。緒方の顔が張り詰めていく。

「三つの事件は複雑にからみ合い、今日、見物いただきたい朝顔を育てた植木屋音吉

が犠牲になりました。手にかけたのは、三年前、上総屋に火を付けた為右衛門の後ろ盾、兵頭さま用人馬場主水殿です。馬場殿は木下殿が上総屋の火付けを調べ直していることを知り、真相が発覚するのを怖れました。配下に使っていた浪人どもに木下殿の屋敷を探させ美玖殿の存在を知った。馬場殿は兵頭家の用人としてかつて兵頭さまのご子息の嫁に迎えられる美玖姫さまのことも知っておったでしょう。美玖姫さまがご存命と思い、身辺を探るうち、音吉とお紗枝のことも知った。火事の一件が明るみに出ることを恐れ音吉を殺しました。さらには美玖殿とお紗枝の命をも狙っておるのです」

ここで緒方は新之助に向かって、

「音吉殺しにはそんな事情があったのか」

「わたしも、昨晩に蔵間さまから話を聞くまでは、単に物盗りの仕業と思っておりました」

新之助が答えると、

「本来なら、まずは緒方殿に話すべきでござった。順序が逆になり、申し訳ない」

源之助は頭を下げた。緒方はかぶりを振り、

「そのようなことはどうでもよいことでござる。それより、問題は今後のことでござ

るな」

緒方は喉の渇きを覚えたのか麦湯を一息に飲み干した。

「下手人ども、すなわち、馬場と為右衛門を許すことはできません」

「わたしとて、異存はござらんが、相手は御台所様御用人を務める兵頭さまの用人と大奥出入りの商人、よほどの証がないことには」

「それは、お任せください。それより、緒方殿にお願いしたいのは南町との関係でござる」

源之助は緒方の目に視線を据えた。

「なるほど、馬場と為右衛門の罪状が明らかとなれば、南町の裁許間違いも明らかになる」

「しかも、それを北町が暴き立てたということになるのです」

「南町にしたら面白くはない。それどころか、面目を逸し、北町への恨みを抱くかもしれませんな」

「いかにも」

源之助のいかつい顔が曇った。緒方の反応は虚をつくものだった。

声を放って笑い出したのだ。

源之助と新之助は顔を見合わせた。緒方は笑いを引っ込め、

「これは、蔵間殿らしくもない」

「はあ……」

「蔵間殿はとうに腹を括《くく》っておられるのでござろう。たとえ、相手がどのような御仁であれ、犯した罪を償うのは当然、それが蔵間殿ではござらんか。北町の手柄がどうの南町の面子《めんつ》がどうのなど、二の次、三の次でござる」

「よくぞ、申された」

源之助は晴れやかになった。

「存分におやりくだされ」

「全ての責任はわたしが負います」

「そんな水臭いことを申されるな。北町奉行所は一つでござる。罪人を懲らしめるのになんの躊躇がござろう。もし、咎め立てられることがあるなら、筆頭同心たるわたしこそが責務を負うものでござる」

緒方は生き生きとしている。

「かたじけない」

俄然やる気になった。それにしても、緒方小五郎という男、なかなか肝の据わった

男だ。

「なんだか、胸が高ぶってきましたぞ」

緒方は少年のように目を輝かせた。

「わたしとて同様でござる。八丁堀同心たる者、悪人をお縄にするに勇み立つは当然でござる」

「これから、どうするのでござる」

「馬場をおびき出します」

「ほう、どうやって」

緒方も新之助も唾を飲んだ。

「心苦しいことではござるが、木下美玖殿に囮になっていただく」

源之助は寅蔵に馬場をおびき出す役を担わせたことを語った。

新之助が、

「馬場殿は美玖殿を美玖姫さまと思い、これ幸いと命を狙いに来る、そこを、一気にお縄にする、ということですね」

緒方はうれしそうに、

「まさしく、飛んで火に入る夏の虫でござるな。襲撃の現場を押さえれば、たとえ直参旗本の家来だろうと言い逃れはできませぬ」

「為右衛門はどうします」

新之助が訊くと源之助が答えるより前に、

「馬場が捕まれば、一蓮托生だ」

緒方が力強く答えた。

「そういうことだ」

源之助も賛意を表す。新之助に異存があろうはずはなかった。


源之助と新之助、それに、緒方は厳生寺にやって来た。間もなく、中間、小者も駆けつけるはずだ。庫裏の居間で美玖と向き合った。

源之助は緒方を紹介し、北町奉行所を挙げて馬場と為右衛門を捕縛することを話した。美玖は特別に気負っている風には見えない。腹を括っているのだろう。

「美玖殿に危うい役目を担わすことになり、すまぬ」

源之助が言うと、

「木下の仇討ちであり、死んだ上総屋の家族、奉公人、それに音吉さんの仇討ちです。これくらいのこと、なんでもございません」

美玖は覚悟を見せた。

「よくぞ、申された」

源之助が言うと、

「頼もしい限りだ」

緒方もうなずく。

「どうすれば、よろしいでしょう」

「ここで、報せが来るのを待ちます」

寅蔵が馬場を連れて来る際、丑松か矢吉を先触れに厳生寺に向かわせる手はずだ。どちらかが寺に着いた段階で、

「山門の前の田圃の畦道を歩いてくだされ。我らは竹藪の中に潜んでおります」

「わかりました」

「馬場たちが姿を現した段階で、捕縛を行います」

「わたしの目の前で、悪人たちがお縄にされるのでございますね」

「いかにも」

美玖は両手を合わせ、目を瞑った。

「あとは、お紗枝殿の方が無事、朝顔市を終えられることですな」

「そうですわ」

「馬場たちをお縄にしたら、朝顔市に駆けつけましょうぞ」

源之助は言った。


それから、一時ほどが経過し庫裏の玄関が騒がしくなった。

「旦那」

丑松の声だ。

源之助は縁側を走り、玄関に向かった。玄関では丑松が全身汗みどろとなって息を切らしていた。

「もうすぐ、やって来ますぜ」

丑松は肩で息をしながら言った。

「ご苦労だったな」

源之助はすぐに踵《きびす》を返した。

源之助が居間に飛び込むと、みな顔に緊張を帯びさせた。

「ならば、美玖殿」

美玖は黙って立ち上がった。

「よし、やるぞ」

緒方は興奮に声をひっくり返らせた。新之助も固く唇をへの字にした。

源之助、新之助、緒方は羽織を脱ぎ捨て、大刀の下げ緒で襷《たすき》を掛けた。小袖の裾を尻はしょりにし、手拭いで汗止めの鉢巻を施す。

「緒方殿、無理をなさりませぬよう」

新之助の忠告を、

「馬鹿にするな。わしとて、捕物の経験は少ないものの、剣や十手術は学んでおる」

緒方は息まいた。

源之助は美玖に向かって、

「我らは竹藪に潜んでおります。しばらく時を経てから、山門から出て来られよ」

と、言ってから居間を出た。緒方も新之助も続く。

三

源之助たちは厳生寺の山門から出て、田圃の畦道を歩いた。

中天を日輪が焦がし、陽炎に田園風景が歪んでいる。蟬の鳴き声は一層激しく、暑さを際立たせていた。酷暑の畦道は人気《ひとけ》がない。百姓たちは家の中で息をつめているようだ。

手はずでは、既に竹藪には中間と小者が潜んでいるはずである。

竹藪に足を踏み入れると、突棒《つくぼう》や刺股《さすまた》を手にした中間、小者が五人控えていた。源之助たちを見て無言で頭を下げる。

竹藪は日差しが遮られ涼しげだが、蚊が多く、暑さは凌げるものの、かえって鬱陶しいことこの上ない。

やがて、美玖が出て来た。

美玖は白地の朝顔の絵柄を小紋にした浴衣を身に着け、ゆっくりと畦道を歩いて来る。その姿は緑の田園に咲く、一輪の朝顔といった風情である。

だが、見とれる間もなく、

「蔵間殿」

緒方がしわがれた声を漏らした。この暑いのに頭巾で顔を覆った侍が四人ばかり畦道を美玖に向かって歩いて行く。いずれも羽織、袴に身を包んでいることから浪人ではない。侍たちに駕籠が付き従っていた。

彼らは美玖を取り巻いた。駕籠が降ろされ垂れが捲くられる。どうやら、美玖を連れ去ろうとしているようだ。

「姫、ご同道くだされ」

聞こえてくる声は、侍が武藤三太夫であることを示していた。

武藤は美玖が厳生寺に匿われていることを知り、無理やり屋敷に連れ去ろうとやって来たのだろう。考えてみれば、厳正寺は大杉家の菩提寺である。なんらかの道筋で美玖が寺にいることが武藤の耳に達したのだろう。

いずれにしてもまずいことになった。どうするか考える間もなく、

「御用だ」

緒方が武藤一行を馬場たちと思い飛び出してしまった。

「待たれよ」

引き止めたが、もう、遅い。緒方が飛び出したことで、中間と小者も竹藪を出た。

新之助に、

「あれは馬場ではない」

言ったものの、目の前で美玖がさらわれようとしていることは事実だ。源之助も新之助を伴い畦道に出た。

「な、なんだ」

武藤は突然現れた町方の役人に驚きの声を上げた。

その時、寅蔵が馬場を連れてやって来た。馬場はあばた面を深編笠で隠している。引き連れているのは浪人たち四人である。

畦道は源之助たち町方、武藤たち、そして馬場たちが溢れ混乱をきたした。みな、わけのわからない言葉を発し、右往左往し出した。その混乱を縫うように馬場は美玖めがけて動き出した。

畦道を外れ、田圃に飛び込み、町方を避けながら美玖を乗せた駕籠に迫る。源之助たち町方と武藤たちとの間で小競り合いが始まっており、その間隙を縫われた形だ。

「違う、敵は向こうだ」

源之助が叫んだがその声は天を衝《つ》く怒号でかき消されてしまった。捕物に興奮している緒方の耳には届かない。緒方が夢中になって武藤を捕らえようとしていることから中間、小者も馬場に向かわない。

新之助は源之助の言葉に気がついたが、捕物の混乱を抜け出せない。

浪人たちも加わり武藤たちと町方が刃を交えている。突棒や刺股が繰り出され、畦道から田圃にまで捕物騒ぎは広がった。源之助は大刀を抜き馬場に向かった。

馬場は源之助に気づき逃亡しようとした。源之助は大刀をすり上げた。編笠が切り裂かれ、あばた面が現れる。

「観念しろ」

さらなる攻撃を加えようとしたが、横から浪人が刃を向けてきた。反射的に浪人の刃を受け止めると、そのまま田圃に落ちた。

田圃の中、敵は大刀を大上段に構え直した。源之助は一旦、大刀を鞘に戻した。浪人は大刀を振り下ろしてくる。

源之助は浪人の太刀筋を見切り、苦もなく避ける。浪人は田圃に足を取られ動きが鈍った。

「未熟者め」

相手の不甲斐なさを物足りなく思いながら大刀を抜き、峰討ちで胴を払った。浪人は前のめりに田圃に倒れた。

その間に一人の浪人が白刃を振りかざし美玖の駕籠に襲いかかった。源之助は鉛入りの雪駄を投げようとしたが、到底間に合わない。

と、

「やめろ」

寅蔵が絶叫しながら浪人にぶつかった。寅蔵と浪人はもつれ合って田圃に転がった。

今度は馬場の大刀が美玖の駕籠を襲う。

「ええい」

今度こそ源之助は雪駄を投げた。田圃の泥にまみれた雪駄は馬場のあばた面を直撃した。馬場は情けない声を漏らし畦道にうずくまった。

「やめい！」

源之助は大音声に叫びながら畦道に駆け上がった。武藤が源之助に気づいた。武藤も、

「刀を納めろ」

と、叫んで回った。

源之助は馬場の襟首を摑んで立ち上がらせた。緒方も冷静になり、

「やめよ」

と、捕方を静めた。馬場が引き連れて来た浪人たちはみな捕縛された。

「馬場殿ではござらんか」

武藤は馬場の傍らに立った。馬場は泥にまみれたあばた面のまま唇を嚙んだ。

「馬場殿、もはや、罪状は明らかでござるぞ」

武藤は戸惑いながら、

「何故、馬場殿が姫さまのお命を」

「話せば、長くなります」

源之助に言われ武藤は口を閉ざした。緒方が、

「この者らを引き立てます」

と、馬場や浪人たちに縄を打った。

「頼みます」

馬場たちを緒方と新之助に託し、武藤に向かった。

「美玖姫さまに引き合わせましょう」

「ええ」

武藤はぽかんとしている。そこへ美玖もやって来た。武藤は美玖を見ながら、

「こちらが姫さまではござらんのか」

美玖は微笑みを浮かべ、

「違います。わたしは上総屋の娘、お久美です」

「そ、そうでござったか」

武藤は肩を落とした。

「気を落とされることはござらん。申したではござらぬか。姫さまにお引き合わせ申

す、と。姫さまは生きておられます。ただ、お邦が目撃したのはこちらの美玖殿だったのでござる」

「なんだか、よくはわからぬが、姫さまが生きておられるなら、早速、会わせてくだされ」

武藤は美玖姫が生きていると聞き、居ても立ってもいられないようだ。

「お気持ちはわかります。お連れしましょう。但し」

源之助は、「但し」を強調した。武藤は身構えた。

「但し、姫さまが大杉さまのお屋敷にお戻りになられるかどうかは、あくまで姫さまのお気持ち次第ということにしていただきたい」

源之助は目に力を込めた。

「しかし、それでは……」

武藤は納得できないようだ。

「お約束いただきたい」

源之助は言葉を重ねた。

「いいや、是非ともわが屋敷に来ていただかないことには……」

武藤は腹の底から搾り出すような物言いだ。傍らから美玖が、

「姫さまのお気持ち、どうか、お汲み取りください」

「しかし」

武藤は力なく首を横に振る。

「ならば、お引き合わせするわけにはまいりません、と申したいところでございますが、お連れしましょう。そこで、武藤殿の目でご覧になり、言葉を交わされればよい。その上で判断されよ。無理強いをなさらない限り、我らは口を挟みません」

「かたじけない」

武藤は納得はしていないようだが、ようやく受け入れた。

「ならば、ご家来衆は屋敷に戻られよ、武藤殿お一人のみお連れ申す」

源之助はここは引けないとばかりに語調を強めた。

「わかり申した」

武藤は家来たちに屋敷に戻るよう促しさらに、

「今、聞いたことは他言無用じゃ」

と、釘を刺した。

「ならば、まいりますぞ」

朝顔市に向かおうとした時、

「旦那」

と、寅蔵が歩いて来た。顔も着物も泥にまみれていた。

「なかなかの奮闘ぶりじゃないか」

源之助は肩を揺すって笑った。

「こんな、みっともねえ格好になっちまった。これじゃあ、朝顔市には行かれねえですよ」

「そんなことはない。命を張ったんだ。かえって、男ぶりが上がっているぞ」

「そうですかね」

寅蔵は頭を掻いた。

「そうさ、一緒に来ればいい」

「そんじゃ」

寅蔵はうれしそうだ。

「但し、厳生寺で顔と着物を洗って来いよ」

源之助は踵を返した。

「追っかけますよ」

寅蔵はうれしそうに厳正寺に向かって駆け出した。

四

源之助は武藤と共に朝顔市にやって来た。市は閉幕に向け、佳境に入っている。どの小屋も一鉢でも多く売ろうと必死である。お紗枝の小屋も例外ではなく、京次の売り声は奮闘を裏付けるようにかすれていた。

京次、お峰は客を呼び込み、お紗枝が細やかな応対をしている。まさしく、三人が心を一つにして音吉の朝顔を売っていた。

そんな様子を離れた所から源之助と武藤は眺めた。

「あの女人が姫さま」

初めは紫の頭巾で顔を覆ったお紗枝に戸惑った武藤だったが、お紗枝の生き生きとした様を見るにつけ、言葉を発することができず、涙ぐみ、さらには笑みへと変化した。そんな武藤を源之助はそっとしておき、京次に向かって歩いた。

「どうだ」

「いけますぜ」

京次は自信たっぷりに答える。ところが、お峰が、

「まだまだだよ。油断してたら駄目だよ」

「いや、大丈夫さ」

「駄目。あんたは、詰めが甘いんだから」

お峰は斜め前方から歩いて来る五人ばかりの女に目をやった。小粋に浴衣を着こなしている。柳橋辺りの芸者か。京次も気がついたが、お峰の悋気を気にしてか目をそむける。

が、お峰は、

「ちょいと、ぼけっとしてないで、声をかけてきなさいよ」

この時ばかりは亭主の男ぶりを活用しようとした。京次は言われるまま、他の小屋に入ろうとする女たちを巧みな言葉と役者のような男前で引っ張って来た。

小屋に導かれた女たちは見事な朝顔に嬌声を上げ、お紗枝の行き届いた接客に満足しそれぞれ鉢植えを買い求めた。

その後もひっきりなしに客が続き、浅草寺の時の鐘が夕七つ（午後四時）を打ち鳴らすと、市は閉幕となった。

「どれ、どれ」

京次が売れた鉢植えの数を数えた。お紗枝が紙に記した、「正」の字を計算し、

「百七十二鉢ですね。六日で七百三十二鉢ですよ。よし、報告に行って来ます」

京次は会所に向かった。お峰を源之助が外に連れ出した。一人残ったお紗枝は片付けを始めた。残った鉢植えを大事そうに大八車に載せる。そこへ武藤が入って行った。

源之助は小屋からお峰を遠ざけ、立ち聞きをするつもりはないが、万が一、武藤とお紗枝の間にいさかいが起きることを危惧し、小屋の陰に身を潜めた。

「もう、店仕舞いかな」

武藤は客を装った。お紗枝は振り返り、

「どうぞ、まだ、こちらにございますよ」

大八車に載せた朝顔の鉢植えを手に取った。次いで、親切に説明を加えようとしたが、武藤とわかったのだろう。凍りついたように立ち尽くした。

武藤はしばらく口を閉ざしていたが、

「姫さま」

発せられた言葉はほとんど聞き取れない声音でありながら、万感の想いが感じられた。お紗枝は鉢植えを大八車に戻し、

「爺、しばらくですね」

と、微笑みかけた。

「お久しゅうございます」

「迎えに来たのですか」

「そうです。殿さまは、病床にあられ、姫さまのお帰りを一日千秋の想いで待ち焦がれておられます」

「わたしは屋敷には戻りません」

「何をおっしゃいますか……」

「戻ることはできません」

お紗枝は頭巾を取り去った。武藤は唾を飲み込んだ。

「三年前の火事でこのような顔になりました」

「ですが、姫さまであられることに変わりはございません」

「わたしは、なにも面差しのことだけを申しておるのではないのです。わたしの心は大杉の家にはありません。今のわたしは、植木職人音吉の女房、お紗枝です」

「お言葉ですが、その音吉はこの世にはないと聞きましたぞ」

「たとえ、この世になくとも音吉はわたしの心に中に生き続けております。朝顔が花を咲かせる限り、あの人は死なないのです。来年も再来年も、それからも、永遠に……」

お紗枝は感情を高ぶらせることもなく淡々と語った。それは、かえってお紗枝の決意の固さを思わせるものだった。

お紗枝の気持ちが通じたのだろう。

武藤は小さくうなずくと、

「わかりました。これ以上は申しますまい」

それだけ言い残すと、朝顔の鉢植えを一つ買い求めた。

「ならば、姫さま、いや、お紗枝殿。くれぐれもお身体をいとわれよ」

去り行く武藤の顔は朝顔のように爽やかだった。

武藤の姿が人混みに紛れたところで、

「父上」

お紗枝のすすり泣きが聞こえた。

源之助はそっとその場を離れた。背後から、

「やりました。一等賞ですよ」

京次の弾んだ声が聞こえた。

文月《ふづき》（七月）を迎えた夕暮れ時、源之助の屋敷を善右衛門が訪れた。昼は相変わら

ずの酷暑だが、日没近くなると風には涼しさが感じられ、夏がゆっくりと過ぎ行くことが実感できる。

源之助と善右衛門は縁側に並んで腰かけ、西瓜を食べていた。

あれから、馬場主水は備中屋為右衛門の悪事に加担したことを責められ斬首、為右衛門は火付けの罪人に課せられる火刑に処せられた。

「美玖殿は尼僧となられ、亡くなられた上総屋のみなさんや木下さま、音吉さんの菩提を弔うことに生涯を捧げられるとか」

善右衛門は西瓜を食べ終え、手拭いで口の周りを拭いた。源之助も応じるように、

「お紗枝殿は植木職人の道を歩むそうですな」

「女の身、しかも、ご直参旗本の姫さまが植木職人とはいささか、いや、大いに驚きました」

「ですが、お紗枝殿ならやり遂げるでしょう。と、申すより、大杉美玖さまは三年前の火事で亡くなったのですよ」

「なるほど、植木職人音吉の女房お紗枝に生まれ変わったのでございますな」

善右衛門が納得したところで源之助は立ち上がり、居間から一通の書状を持って来た。

「武藤殿からです」

善右衛門は受け取り開封しながら、

「大杉の殿さまが亡くなられて初七日が過ぎましたな」

大杉左兵衛は夏を越すことはできなかった。愛娘《まなむすめ》との再会を果たせないまま六十一年の生涯を終えた。

書状は武藤の人柄を示すように達筆な文字が整然と綴られている。懇切丁寧に源之助への礼の言葉が記され、大杉の最期の様子が書かれてあった。

それによると、大杉は源之助が武藤を訪ねた日から昏睡状態が続き、とうとう言葉を発することなく世を去ったという。

「ただ一度、姫さまから買い求めた朝顔の鉢植えを一目ご覧になり、一滴の涙を流され候、ですか。死線を彷徨っておられた殿さまは朝顔に姫さまの面影をご覧になられたということでしょうか」

善右衛門は書状を丁寧に折り畳み源之助に返した。

「そうかもしれませぬ」

源之助は夕焼け空を見上げた。

「今回の影御用は寂しい落着となりましたな」

善右衛門は、「謝礼です」と小判の紙包みを差し出したが、源之助が首を横に振ると、

「ならば、今回もわたしが預かっておきます。必要な折は遠慮なく申してください」

あっさり引っ込めた。

源之助は何かを思い出したように噴き出した。

「いかがされました」

いぶかしむ善右衛門に、

「六兵衛と申す両替商がおりましてな」

と、音吉の借財の保証人になった経緯を語った。

「蔵間さまらしいですな」

善右衛門は半ば感心、半ば呆れた様子で口を開けた。

「幸い、お紗枝殿が朝顔市で一等賞を取ったため金五両の報奨金を手にし、わたしが六兵衛に返しに行ったのです。そうしましたら、六兵衛の奴、殊勝な顔でこの五両は結構でございます。どうぞ、音吉さんへの香典代わりにお受け取りください、などと申しおったのです」

「ほう、六兵衛という男も満更、強欲ではなかったということですかな」

「それが、音吉の朝顔の見事さ、未亡人となったお紗枝の献身ぶりが評判となり、あわせて六兵衛の強欲を非難する声が高まったようなのです。六兵衛の悪評を高めたのはお峰と京次らしいのですが」

「六兵衛の奴、商いに支障をきたしたのでしょうな」

「近々、南町が手入れに入るとのこと。南町も今回の一件で面目を逸しましたからな。ここらで、世間の悪評が高まった六兵衛を懲らしめ、少しでも名誉挽回をしたいようです」

「世の中、算盤《そろばん》通りにはいきませんからな」

善右衛門は笑い声を上げた。

そこへ、源太郎が帰って来た。

「お帰りなさい」

善右衛門が挨拶を送ると源太郎も丁寧に返し、垣根造りの朝顔に水をやり出した。美玖への恋情を朝顔に向けていると思うのはうがち過ぎだろうか。夕陽を受け、茜に染まった源太郎の横顔は心なしか大人びて見えた。

ひときわ心地良い風が吹き、軒先に吊るした風鈴を鳴らした。

油蟬に代わり、かなかなと鳴く蜩の声が涼しくはあるが、どこか寂しげに響き渡っていた。

時代小説

二見時代小説文庫

朝顔《あさがお》の姫《ひめ》　居眠《いねむ》り同心《どうしん》　影御用《かげごよう》2

著者　早見《はやみ》　俊《しゅん》

発行所　株式会社　二見書房
東京都千代田区三崎町二―一八―一一
電話　〇三―三五一五―二三一一［営業］
〇三―三五一五―二三一三［編集］
振替　〇〇一七〇―四―二六三九

印刷　株式会社　堀内印刷所
製本　株式会社　村上製本所

落丁・乱丁本はお取り替えいたします。
定価は、カバーに表示してあります。

 ISBN978－4－576－10105－7
http://www.futami.co.jp/

早見俊

居眠り同心 影御用 シリーズ

閑職に飛ばされた凄腕の元筆頭同心「居眠り番」蔵間源之助に舞い降りる影御用とは…!?

以下続刊

① 居眠り同心影御用 源之助人助け帖
② 朝顔の姫
③ 与力の娘
④ 犬侍の嫁
⑤ 草笛が啼《な》く
⑥ 同心の妹
⑦ 殿さまの貌《かお》
⑧ 信念の人
⑨ 惑いの剣
⑩ 青嵐《せいらん》を斬る
⑪ 風神狩り
⑫ 嵐の予兆
⑬ 七福神斬り
⑭ 名門斬り
⑮ 闇の狐狩り
⑯ 悪手《あくしゅ》斬り
⑰ 無法許さじ
⑱ 十万石を蹴る
⑲ 闇への誘い
⑳ 流麗の刺客
㉑ 虚構斬り
㉒ 春風の軍師
㉓ 炎剣《えんけん》が奔《はし》る

二見時代小説文庫

牧 秀彦

浜町様 捕物帳

シリーズ

江戸下屋敷で浜町様と呼ばれる隠居大名。国許から抜擢した若き剣士とさまざまな難事件を解決！

新シリーズ

浜町様 捕物帳

①大殿と若侍

八丁堀 裏十手 完結

①間借り隠居
②お助け人情剣
③剣客の情け
④白頭の虎
⑤哀しき刺客
⑥新たな仲間
⑦魔剣供養
⑧荒波越えて

毘《び》沙《しゃ》侍《ざむらい》 降《ごう》魔《ま》剣《けん》 完結

①誇
②母
③男
④将軍の首

孤高の剣聖 林崎重信 完結

①抜き打つ剣
②燃え立つ剣

神道無念流 練兵館 完結

①不殺の剣

二見時代小説文庫